連結
Cross
Connect
與電腦神姬鈴夏的
互換身體
完全遊戲攻略
2
Kadokawa Fantastic Novels

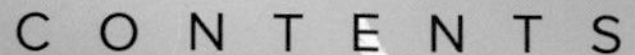

CROSS
CONNECT

十六夜弧月
Kozuki Izayoi
天才玩家（自稱），也是夕凪
的勁敵（自稱）。
三辻小織
Kori Mitsuji
參加了地下遊戲「SSR」的少
女。外號為「冰之女帝」。

垂水夕凪
Yunagi Tarumi
主角。具有逆轉注定敗北局面
的遊戲天分。
鈴夏
Suzuka
Bug Number Code Beta
電腦神姬二號機。在這次的地
下遊戲與夕凪互換身體。
佐佐原雪菜
Yukina Sasahara
夕凪的青梅竹馬。很樂於照顧
他人，是班上的紅人。
春風（雲居春香）
Harukaze (Haruka Kumoi)
Bug Number Code Epsilon
電腦神姬五號機——春風。與
夕凪交換身體後被拯救出來。

2

久追遥希

ILLUSTRATION
konomi
（きのこのみ）

Kadokawa Fantastic Novels

彩頁、內文插畫／konomi（きのこのみ）

序章／邀請函

CROSS CONNECT

『致平日「深深」喜愛我們斯費爾遊戲的各位。

首先，我要為貿然傳這種訊息的無禮之舉致上歉意。真的很抱歉。然而，在這樣的前提下，儘管我明白自己有所僭越，還是希望各位務必將這封訊息閱覽到最後。

如何？——很好。

這次，我們懷著對各位的感謝之情，將舉辦某個遊戲。

其名為Selector of Seventh Role——ＳＳＲ。這是由擔任勇者、魔王、革命家、判官、處刑人、追跡者與神官這些職業（角色）的七名玩家展開的大亂鬥。

身為參加者的你們，將依職業分別設定不同的勝利條件，或者以達成「另一個」條件為目標來進行這個遊戲。

那麼，詳細的說明就留待之後的新手教學，現在就先牢記幾項注意點吧。

第一點，這個遊戲稍微「不同」於平常的「地下遊戲」。

因此，報酬也和過去不一樣……但相對的，我們會讓這個遊戲「更加有趣」。

第二點，這個遊戲設有參加資格。

如同前面所述，開始ＳＳＲ的所需人數「正好七人」。多一個少一個都不行。多人(MMO)的話還可以另當別論，但這個人數的玩家若是用隨機挑選的話，實力不平衡會導致誰都享受不了遊戲的樂趣。這種不幸的結果有可能發生，對吧？因此，唯獨這一次，條件設定得稍微嚴格了一些。

不過，請放心。既然收到這封訊息，就是「你毫無疑問已經獲得『資格』的證明」。希望你一定要在我的遊戲裡大顯身手一番。

最後還有一點。

我們——不對，我打從心底盼望著「你」的參戰。看好了，是打從心底。如果這個願望無法實現的話，我甚至可能會瘋掉呢——』

第一章　是否參加SSR（遊戲）？

CROSS CONNECT

＃

「垂水同學～！我問你喔，今天放學後要不要跟我們去唱卡拉ＯＫ呀？」

「……卡拉ＯＫ？」

午休時間，第四節課終於結束後，教室開始被一片和緩的嘈雜聲包圍住。

同班同學猛地湊過來向我搭話，而我一邊極力與她保持距離，一邊盡可能擺出嫌棄的模樣開口說：

「不了，我不去。有夠麻煩的，而且我又不太擅長唱歌。」

「什麼啦～不要講這種話嘛。明天秋分不是有放假（註：秋分為日本的國定假日，通常是九月二十三日前後）嗎？現在就該振奮起來才行呀！再說，垂水同學的青梅——小三也會來耶！」

「喂，什麼意思啊！我可不記得自己變成阿凪的小三了喔！」

「好好好，妳乖妳乖。既然如此，那就叫妳小老婆好啦。」

「氣、氣死我了！不要亂講！我也不是什麼小老婆啦！真是的，阿凪憑什麼啊！」

「妳幹嘛瞪我啦……」

在倉川某某女同學的煽動下，一臉火大地朝我看過來的，不用想當然是雪菜——佐佐原雪菜。不僅是去年選美比賽的冠軍，也是班上的紅人（偶像），而且還是我的青梅竹馬。她現在正搖著齊肩短髮，板起臉孔，明顯感到不悅。

不管怎麼想，錯都不在我身上吧……儘管我這麼想，但開啟不講理模式的雪菜是聽不進這種道理的。這時候先默默地移開視線才是正確答案。

話說回來——小三、小老婆。

之所以會跑出這種與高中生不相襯的詞語，當然有其充分的理由。

至於那個「理由」……

「——我咬！唔姆……呼。耶嘿嘿，真是太好吃了！」

就是在我垂水夕凪的旁邊一臉幸福地大吃奶油麵包，留著一頭晶瑩金髮的美少女——春風。

原本還在跟雪菜嬉鬧的倉橋（還是叫倉川？），忽然探頭看著春風的臉說：

「嗯，話說……」

「哇！怎、怎麼了，倉野同學？」

原來是叫倉野。

「沒有啦，就覺得春風果然長得很可愛呢……真的沒辦法認為妳跟我們一樣屬於人科耶。不對，倒不如說，要相信妳跟我們一樣是地球生命本來就是一件滿困難的事情。」

「啊嗚。耶、耶嘿嘿～別這麼誇我嘛，我會害羞。」

「這、這害羞的方式！不同次元的殺傷力！」

倉野這個演技派突然按住制服胸口，趴倒在書桌上。無論從哪個角度來看都是很浮誇的反應。不過，春風那種媲美吉祥物的可愛度已經脫離常軌——這樣的說法也並不是完全偏離。

畢竟，正確來說，春風「不是人類」。

她是被稱為電腦神姬（Bug Number）的「特殊AI系列」之一，在三個多月前舉辦的地下遊戲「ROC」中，因為勝利報酬而獲得現在這具身體。

同班同學們當然不可能知道這部分的內情。對於「春風」這個名字，他們八成都以為單純是取自本名「雲居春香」的暱稱吧。不過，她那惹人憐愛的模樣還是在轉瞬之間震撼了全校，入學一週就成立了親衛隊、粉絲俱樂部、後援會甚至是保護者會，令人不敢想像未來會是怎樣的光景。

而且，春風她——雖然個性和善好親近，算是和任何人都聊得來就是了——總之很黏我，黏到盲從的地步。

……一言以蔽之，這是非常不妙的狀況。

這麼說也不太對，我為了救出春風，確實在ＲＯＣ做了很多事情，她能夠像現在這樣坐在教室裡甚至讓我有點感動。而對於她仰慕我一事，我也單純地覺得很高興。但是——

「夕凪先生、夕凪先生！」

「……幹嘛啊，春風？」

「你看！這個奶油麵包呀，裡面的奶油竟然有兩層耶！」

「哦，對啊，是鮮奶油和卡士達醬。雖然有人抱怨幾乎跟泡芙沒兩樣，但就是因為很像泡芙，吃起來一定很美味。」

「哇……原來是這樣呀。我真的很喜歡甜甜的滋味。耶嘿嘿，夕凪先生要不要嚐一口？」

「咦？」

春風就這樣帶著毫不設防的純真笑容，將撕成一口大小的奶油麵包湊到我面前。

「……！」

同時間，整間教室的氣氛倏然凍結……春風太過少根筋，總是下意識地做出這種舉動，然後羨慕、怨恨、詛咒和沙〇基（註：暗指「勇者〇惡龍」裡的即死魔法）就會洶湧翻騰地席捲我們班上。對於被孤立在風暴中心的我來說，沒有比這更教人坐立難安的處境。

只不過——相較於之前因為斷絕交流所導致的「排斥」，這種情況顯然不同。

我知道大家並未抱著惡意或敵意，真要說的話，那是夾雜著輕鬆玩笑的反應。

最近坊間（似乎）都在議論我雖然態度不佳，但開始可以溝通了。於是，這樣的我，下定決心張嘴吃下春風遞過來的麵包。

儘管嘴唇有一瞬間碰到了春風的手指……我還是不動聲色地咀嚼了起來。

「……嗯，真好吃。」

「啊……耶嘿嘿，我就說吧！」

「唔！夕凪你這傢伙啊啊啊啊啊啊啊啊啊啊啊！」

然而，「臉頰微微泛紅，將食指置於胸前的春風」似乎具備著十足的威力，將同班同學們的理性吹散殆盡。四處傳來椅子鏗然倒下的聲響，每個人身上都纏繞著準備懲處我的異色鬥氣。

「……不妙。」

終於意識到危機後，我也從座位上站起身。

我目不斜視地直往走廊逃去，將歪著頭滿臉疑惑的春風留在原位。不過在這之前，我聽到教室後方的雪菜和倉野的這段對話。

「——所以，雪菜妳實際上是『怎麼看待』春風的呢？」

「也沒什麼啦……我一開始當然有覺得『難不成情敵登場了！』之類的，又覺得自己想錯了，後來又冒出同樣的想法，最後果然還是會這麼認為，可是……」

「嗯嗯，冒出同樣想法的頻率還真是高呢……可是什麼？」

「我也不知道該怎麼說，現在反而是我漸漸喜歡上春風了……她真的很可愛喔。她目前住在我家附近，但常常會在晚上跑進我的房間，央求我說『能不能跟妳一起睡覺呢……？』這樣。她那個模樣可愛到我都差點心動了！啊，我有拍下她的睡臉喔，妳要不要看？」

「…………嘖。」

「嘖什麼！而且還這麼不屑！」

「吼唷，是怎樣啦，今天老是被放閃耶！好啊，沒關係，我就不約你們去唱卡拉ＯＫ了！現充給我爆炸吧！讓我們幾個單身的互相取暖就可以了！」

「咦咦！什麼放閃，那、那可是妳先提起的耶！等一下啦！」

……雪菜的聲音很響亮，讓我聽得很清楚。

看來今天不用和大家一起去唱卡拉ＯＫ了。

#

放學後，秋日陽光眩目。我跟雪菜以及春風這兩人一起踏上歸途。

我們回家的方向完全一致。先前的對話也有提到，春風目前「獨自居住」在雪菜家正對面的大樓。據說和戶籍及學校相關文件一樣，都是由ＲＯＣ的ＧＭ——天道白夜準備的。

他不愧是格外講求信義和誠意這些字眼的人，果然在這部分不會有疏漏。

然而……獨居是美中不足的一點。

天道算不上正常人，我不曉得他是怎麼想的，不過要高中生獨自生活是難度相當高的一件事。再加上春風之前都待在遊戲裡面，她不可能具備獨立自主的生活能力。

第一天就把菜燒焦了。

第二天讓洗衣機的水滿出來。

第三天被吸塵器的電線纏住，大玩自縛遊戲。

……據說雪菜和我媽都看不下去，現在是由她們輪流去春風家裡做各種家事。

「嗯？夕凪先生，怎麼了嗎？」

我的苦笑可能呈現在臉上了吧。春風一臉疑惑地抬頭看著我，而我答說「沒事」之後，假意咳了一聲，決定改變話題。

「咳咳——話說，春風，妳已經習慣現實世界（這裡）的生活了嗎？」

「啊，是的！」

聽到我這個籠統的問題，走在旁邊的春風露出一抹柔和的微笑。

「我過得非常快樂喔！大家真的對我非常非常好……感覺每一天都會增加難忘的回憶。耶嘿嘿，也有許多很棒的新發現喲。」

「這樣啊。嗯，那就好。妳說的新發現有什麼呢？」

「唔……雖然我覺得所有的事情都包含在內啦……唔，我想到了！夕凪先生，我昨晚也有一個新發現喔。人類在睡覺的時候也可以說話，對吧？其實我昨天怎麼也睡不著，所以跑去雪菜小姐的房間找她一起睡覺，結果雪菜就一邊緊抱著我，一邊說『阿凪——』嗚哇！」

「春、春風，這件事就說到這裡為止吧！好嗎！好不好！」

「咦？啊，好的。既然雪菜小姐這麼說，那我就不說了……嗯？」

雪菜唰地紅了臉，猛然抱緊春風，讓她說到一半的話（物理性地）停住了。我投以狐疑的眼神後，正好對上那雙拚命游移的褐色眼眸，接著她一秒移開了視線……她八成是夢到跟我有關的夢吧。這確實會令人有一點害羞就是了。

就在她微妙地閃躲我的眼神之際——我口袋裡的智慧型手機忽然振動了起來。

「嗯？」

振動兩次後，立刻就停止了。

我不記得自己有在傍晚的時候設定鬧鐘，所以大概是某些事情的通知吧。合理推斷是為數不多的朋友傳訊息給我，或是社交遊戲的活動通知和ＡＰＰ的廣告郵件之類的。不過，無論哪個才是正確答案，在雪菜的心情恢復平靜之前，都可以用來消磨一下時間。

想到這裡，我就拿出了手機。

「我看看……不是廣告耶，是一般郵件？而且這個郵件位址是怎樣，『完全隱藏』？」

我微微皺眉，點擊這個通知。起初我以為可能是自己看錯了，但再次確認後，寄件者欄位所記述的文字果然只有「unknown」而已。然後主旨就簡潔地寫了三個字——「邀請函」。

…………我一開始冒出的想法，就是絕對要拒絕。

我完全措手不及。因為這三個月來，我和這方面的事情已經毫無瓜葛，所以整個人都徹底鬆懈下來了。

「————咦！」

在瀏覽郵件正文的瞬間，我意識到視野迅速地變窄了。

還聽到腦內某處的迴路發出啪滋啪滋的刺耳聲響。

「『致平日深深喜愛我們斯費爾遊戲的各位』……」

這是地下遊戲的舉辦通知——原來如此，這樣我就能理解寄件者之所以是「不明(unknown)」的原因了。

地下遊戲——那是斯費爾股份有限公司私下舉辦的非法遊戲，一旦暴露出來絕對會吃上官司，可以說是這間超大型企業的「黑暗面」。他們具備足以被譽為魔術師(Magus)的異端技術力，別說領先現代遊戲業界，根本把其他對手遠遠拋在後頭。一般來說，「這玩意兒」一直被當作都市傳說來看待，但我知道確有其事。

沒什麼好奇怪的，我本身就參加過地下遊戲，而且還參加過兩次。

也因為這樣，我原本覺得自己已經充分理解斯費爾有多危險與惡質……不過，或許這樣的認知還有一點不足。

「──阿、阿凪？噯，你有在聽嗎？這張『圖』是怎麼回事，會不會有點嚇人呀……？」

雪菜不知何時開始探頭窺看著我的手機畫面，然後怯怯地這麼說道，並用手指著。

「這張圖」指的是郵件的附件插圖。上面畫著可愛的人偶被無情地扯下頭部與手腳後，支離破碎地掉在地上，令人毛骨悚然。明明筆觸走的是Q版風格──不對，正因如此，這張興趣低劣的畫才會顯得更詭異。

我很清楚這張插圖代表著什麼，一看就懂了。

與人類如出一轍，幾乎分不出差異，但又不是人類──也就是人偶，抑或玩具。

對，沒錯。那些傢伙竟然用這種方式來「比喻電腦神姬」，簡直豈有此理。

「……！」

為了讓急速上升的體溫降下來，我用右手摸著後頸，專心地思索起來。

邀請函、斯費爾、帶有強烈暗示的插圖，還有附件檔案的名稱「致親愛的垂水夕凪」作為證明。集結了這麼多的間接證據，應該可以確定這就是針對我個人所發出的「威脅」。

話雖如此，但春風都已經在現實世界了，他們要出手沒這麼容易──

「……不對。」

不，我想錯了。「這指的不是春風」。既然她是電腦神姬五號機（Bug Number Code Epsilon），代表至少還有四名同型機。想當然耳，「人偶們」至今仍在斯費爾手上。

……所以說，應該就是這麼一回事吧？

如果我不參加這個遊戲的話，春風以外的電腦神姬就會遭到消滅（殺害）——？

「……是、是怎樣？這又『與我何干』！」

我用顫抖的嗓音勉勉強強擠出這句話。

沒錯，垂水夕凪你給我冷靜一點。這次的遊戲不同於之前為了救雪菜而跳進的地下遊戲，也不同於半強制性地被拖下水的ＲＯＣ。因為我對「她」根本一無所知。儘管我的心情確實很不快，但沒有道理為了救一個素未謀面的ＡＩ，而去參加那種低級的遊戲。

我這麼想著——然而，就在這時候——

「啊……」

帶著些許悲傷的氣息冷不防地振動了我的耳膜。

是春風。她大概是無意中瞧見了手機畫面吧。那雙睜大的碧眸因為不安與驚嚇而動搖不已，相反地，小小的雙手則緊緊交握著。

「…………」

——我到底在幹嘛啊？

我忍不住在內心對自己嘖了一聲。目前確實還沒辦法決定要如何看待這封「邀請函」，但就算如此，至少我該知道春風看到這封郵件會很難過。而且我又擺出一副陰鬱的表情，她當然會不安。

因此……

「——真是的，最近的『獵奇漫畫』未免也太真實了，好令人頭疼啊。」

我索性用開朗到很假的聲音這麼說道，並用手指彈一下手機畫面。

雪菜愣愣地睜圓眼睛。

「咦？你說漫畫……到底是什麼意思？」

「就是這張圖啊。好像有一部新漫畫要展開連載了，這是主視覺圖。不知道該說是很低劣還是怎樣……不過這大概是賣點吧。」

「什、什麼嘛，原來是這樣嗎？討厭耶，那你應該一開始就告訴我們呀。看到你好難得好難～得一臉嚴肅的模樣，害我都覺得有點可怕了——是說，你幹嘛啦？突然抱著頭。」

「沒什麼啦……想說雪菜平常就是個笨頭笨腦的笨蛋，被妳毫不客氣地當笨蛋揶揄比想像中更受打擊耶。」

「笨——你又說我笨！而且還說這麼多次！喂，阿凪，你旁邊有一個這麼嬌弱可愛的青梅竹馬正在感到害怕，你身為男人，這時候應該說一句帥氣的台詞吧！為什麼是攻擊我啊！」

「……呵。」

「仔細盯著人家的臉看然後用鼻子笑究竟是什麼居心啊你這傢伙！我、我要告你家暴！」

「我什麼時候成為妳家的一分子了啊？」

「我不管啦！反正家人就是回過神才發現對方就在身邊的存在嘛！嗚嗚……阿凪這個笨蛋、壞心眼。嗳，春風妳也這麼覺得吧？」

「……耶嘿嘿，就是說呀。我也有一點這麼認為喔。」

受到誇張地嚷嚷著的雪菜影響，旁邊的春風儘管有些生硬，但還是露出了笑容……不管怎麼說，這部分正是雪菜的厲害之處。她對春風的情況了解得很少，更不用說春風與這封郵件的關連，她應該連想都想像不到吧。儘管如此，她還是能從春風的表情「有所察覺」，然後硬是扮演成開心果。

說真的，我有一點尊敬她。

「…………謝了。」

「嗯？奇怪，阿凪你剛才有說什麼嗎？抱歉我沒聽清——」

「沒啦，就問妳胸部是不是有點縮水了這樣。」

「縮你個頭啦——————！」

然而，把這件事說出口會讓我非常難為情，所以我還是隨便糊弄過去了。

#

在客廳吃完晚餐後，我回到房間躺在床上。

我就這樣維持仰躺的姿勢拿出手機。因為總覺得有點在意，我便再次確認剛才那封郵件。這是地下遊戲的通知，一封「邀請函」。我一邊用昏昏欲睡的腦袋咀嚼字句，一邊用右手的指尖慢慢滑動畫面。

「是說……像這樣重新閱讀到最後又能怎樣？」

重複這種無意義的行為一陣子之後，我小聲地吐出一句帶點自嘲意義的低喃。

我就開誠布公地說出內心話吧——假如這指的是春風，假如跟我說春風被斯費爾搶回去的話，我一定早就參加遊戲了。事到如今也沒什麼好隱瞞的。現在的我，有一點不敢想像失去春風的情況。

不過……若對象是我不認識的ＡＩ，那事情就大大地不同了。

我感到很煩悶，也很焦躁，完全無法冷靜下來思考，但儘管如此，只表現出難過的模樣，實際上不去淌渾水才是明智的判斷。

「只能當沒這回事了吧……」

做完這個結論後，我正要緩緩閉上雙眼——就在此時——

房門「叩叩」地響起兩次輕輕的敲門聲。

「那、那個……夕凪先生。抱歉這麼晚還來找你，我可以進去嗎？」

訪客是春風。

「呃，那麼，我有些話想跟你說……耶嘿嘿，剛才很謝謝你。感覺你一直在顧慮我的心情。」

春風端坐在我的床上，微微垂著頭開口說道。

她應該剛洗完澡吧，身上簡單地穿著薄睡衣和針織外套。從帶著光澤感的金髮間隙之間，可以窺見她正怯生生地抬起碧眸看著我。

「……呃，夕凪先生？」

「啊，沒事——咳咳。妳說的剛才是指哪件事？」

「就是那封郵件。你為了轉移話題，不是撒謊說那是漫畫嗎？」

「其實那並不是顧慮到妳，我只是覺得把雪菜捲進來的話，事情會變得很麻煩而已。」

「不管是哪一個理由，我都覺得很高興喲。」

「……………是喔。」

春風在我面前微微偏過頭，而我則稍微移開了視線……果然還是老樣子，像我這樣性格彆扭的人，對於這種純真又少根筋的發言似乎很沒有抵抗力。由於平常的對話總是建立在反駁和挖苦之上，一旦對方給予全盤肯定，當下就會「語塞」。

在我因為這種沒出息的理由而沉默下來時，春風就緩緩地繼續說話了。

「那張圖……是電腦神姬，對吧？」

「……對，九成九是。而且附件檔案還寫著我的名字，不太可能只是碰巧搭配一張有那種暗示的圖。所以我猜，那應該是衝著我來的『恐嚇信』。」

「恐嚇信……所、所以，是為了讓夕凪先生有『參加遊戲的念頭』……？」

「沒有確鑿的證據就是了。不過，很有可能因為通關ＲＯＣ而被麻煩盯上……可惡，斯費爾竟然拿電腦神姬當人質，到底在想什麼啊。」

彷彿在呼應我的不爽咒罵似的，春風可愛地吞了口口水。

她的表情看似正煩惱著什麼、猶豫著什麼——儘管如此，她最後應該還是下定決心了。只見她反覆幾次淺淺呼吸後，把手放在胸前，開口說：

「夕凪先生，我跟你說喔。我——春風是電腦神姬系列的最新型——啊，不是的，請你別誤會，我並不是在炫耀。那個……所謂的最新，指的就是出生後經過的天數最短，沒錯吧？」

「嗯？是啊，可以這麼說。」

「那麼，我就是『老么』了。我是最小的妹妹，有好幾位『姊姊』……可是，大家目前都還在斯費爾裡面。她們都被抓了。」

「…………」

「……夕凪先生。其實，我有一件事要拜託你。不對，與其說是拜託……可能只是任性的要求而已。」

說到這裡，春風暫時打住話語，她抬起眼眸，用虧欠的眼神看著坐在隔壁的我。她這個模樣意外地帶著點嫵媚。水潤的眼眸、顫抖的雙唇、細弱的氣息。接著——

「請你救救我的姊姊。」

——她百般掙扎地說出了那個「任性的要求」。

「拜託你，請你幫幫忙，把她救出來。我的姊姊說不定過得比我還要慘……你能不能救救她呢？」

春風的低語愈來愈小聲，小小的腦袋輕輕地埋進我的胸前。也許她真的很苦惱，才會做出這種像小孩子的舉動。儘管她平常就很愛撒嬌，但應該沒有這麼極端才對。

我看著處於視野正中央的她，暗自嘆了口氣。

……不過，反正我早料到事情會變成這樣了。

說起來，春風這個人根本是「坦率」的化身。看到那種郵件，她不可能沒有任何感覺，也不可能不會有所動搖。明明其他姊妹還在水深火熱之中，卻只有自己獲救——這種不必要的罪惡感會在她心中滋生。這一點也是顯而易見的。

「…………」

因此，我決定緩緩地伸出右手，摸摸她的頭。頂級的金髮傳來輕柔的觸感，柑橘淡香微微搔動鼻腔。

我稍微撥開她的瀏海，與那雙碧眸四目相交。澄澈的顏色直勾勾地凝視著我，彷彿要把我吸進去似的。這是主張著自己必須有所行動的堅定眼神。我果然不管怎樣都拒絕不了春風的請求。

「……真拿妳沒辦法。」

「咦？」

聽到我用極小音量說的低語，春風猛然抬起了頭。

「夕凪先生，你剛才說什麼……？那個，如果我沒聽錯的話——」

「很、很遺憾，妳聽錯了。」

「哇嗚！嗚、嗚嗚……原來是這樣呀，對不起。」

「……嗯。」

「……（偷瞄）。」

「不是啦，所以說……啊啊啊啊真是的！好啦！好啦，我一定會救她出來！既然妳都這麼拜託我，我也只好答應了。身為ROC的勝者，再說這也是特別受到關注的玩家該盡的義務，我就答應斯費爾的邀請吧！這樣總可以了吧！」

「哇……！謝謝你，夕凪先生！」

「喂！」

春風猛地用全身撲抱過來，我一個沒接穩，被推倒在床上。甜甜的香味與觸感同時襲來，幾乎讓我的感官麻痺。我撇過頭掩飾自己八成紅得要命的臉頰，勉勉強強地繼續說道：

「但、但是！——但是，既然要參加這個遊戲，能不能給我更好一點的理由呢？雖然營救和保護也沒什麼不好，不過聽起來還是很消極被動吧。我想要設定一個更積極、可以讓人提起拚勁的目標。」

「積極的理由……是嗎？」

春風「嗯」了一聲，沉思似的閉上眼睛一會兒。

幾秒後——她驀然露出燦笑並站起身，轉身回頭看著我說道：

「那我要說嘍，夕凪先生——『我想要姊姊』。非常非～常想要！而我準備認作姊姊的那個人呢，竟然！被斯費爾給囚禁起來了！把她搶過來吧，我要發動姊姊爭奪戰！」

「……原來如此，來這招啊。」

ギシッ
ふーわっ

看著春風舉起拳頭發出提振士氣的吆喝聲，我露出一絲苦笑。

都還不認識對方就要把人「搶」過來，未免也說得太過頭了——不過，這樣確實可以帶給人更大的動力就是了。

#

『從寄出邀請函到初次登入為止，所需時間為三百八十二分鐘——真是感謝您花相當長的一段時間打情罵俏啊垂水夕凪先生。我的工作熱情被連根鏟除了，請你跳過新手教學，自行去享受這個遊戲吧。』

「……………呃。」

嗯，先釐清一下狀況好了。

我拗不過春風的「任性要求」，決定參加遊戲後，便立刻重新打開那封郵件。幾分鐘後，我透過信末的連結移動到某個網站。那個網站似乎是「登入應用程式」的下載頁面，還來不及眨眼，智慧型手機的主畫面就追加了沒看過的圖示。

到這裡都還好。

在點擊圖示的瞬間切換了視野，轉移（登入）到令人摸不著頭緒的神祕空間，但在經歷過ＲＯＣ之

後，我現在也能夠平心看待這樣的轉變。

只不過——才剛登入就看到眼前有一名「坐在半空中」的女性，還被對方用隨便到不可思議的態度來對待。對於這個現狀，我想破腦袋也想不出個所以然來。

『唉，這難道不是因為您智力不足嗎？』

女人推了推鏡框，神情愉快地酸了我一句……我現在才發現，原來她就是在ＲＯＣ擔任圖書館員的那個傢伙。難怪我就覺得好像在哪裡見過她，對於那種不客氣的態度也毫不意外。

我一邊抑制著很自然地就要抽動起來的臉頰，一邊決定先環視周遭。

這是個很奇妙的空間。球型劇院包廂——應該可以這樣形容吧。不只水平方向，連腳下和頭上也一樣，整體上就是三百六十度螢幕。不過，畫面上沒有映照出任何東西，螢幕連接處發出的綠色光芒劈開幽暗，充滿奇幻色彩。

這時，我忽然察覺到一件事——「春風不在這裡」。

「她沒辦法登入嗎……？」

『是的，當然如此。邀請函應該也有提到這一點，垂水先生該不會是日語不好吧？這下可傷腦筋了，因為我只會說八國語言而已。』

「日語是我的母語啦，我可是不折不扣的日語圈的一分子。所以邀請函寫了什麼？」

『還用說嗎，當然是「參加權」——我們斯費爾每次舉辦地下遊戲都會統整各玩家的成績。

而這次的遊戲，只有在該資料留下一定以上成績的玩家才可以參加。不過正確來說，依照遊戲的設定，非指定玩家本來就進不了場域。』

「哦……原來如此。畢竟春風沒有參加過地下遊戲。」

『會被反彈回去。反過來說，垂水先生已經有兩次通關經驗了，可說是游刃有餘。換作是淘汰賽的話，您就是種子選手了呢。我真為您感到高興，總算是有一個可取之處。未來某天肯定會出現一位能夠忽視你諸多諸多諸多缺點，只關注優點的好心人的。』

「妳幹嘛突然開始安慰我啊？我的缺點也沒有多到需要重複三次『諸多』——」

『女裝癖。』

「……那可不是我的興趣喔！」

我覺得很不服氣。我在ＲＯＣ跟別人互換身體等諸如此類的事情，不都是你們（斯費爾）強迫我的嗎？

『好的好的，是我失禮了，真的很抱歉……咦？垂水先生，莫非您真的動怒了嗎？我會被要求展現誠意或道歉或脫衣或被調教嗎？像ＡＶ那樣。』

「不……我不需要。」

『喔喔。不愧是把斯費爾（我們）第三課逼至毀壞狀態的垂水先生，真是寬宏大量呢。』

「……請問一下，我惹妳討厭了嗎？妳該不會非常討厭我吧？」

『呵呵呵呵呵呵呵。』

圖書館員——雖然這是她在ＲＯＣ裡的職稱，但事到如今還要問名字很麻煩，所以維持這個稱呼應該沒關係吧——沒有回答我的問題，而是在嘴邊勾起一抹陶醉的優雅笑容。不愧是天道白夜的部下，斯費爾先進技術開發部門第三課（Fake witches）的一員。應對起來的冗雜度似乎也經過精心挑選。

話說回來……「毀壞狀態」啊……

不知該說如我所料還是怎樣，ＲＯＣ以「出乎預期的方式結束」，似乎帶給第三課不小的打擊。尤其是身為室長的天道對春風所施行的「處置」，想必讓這群人閉關了整整三個月，期間大概也沒辦法進行遊戲的開發吧。

「……嗯？照這樣說，這次的地下遊戲難道跟天道無關嗎？」

『正是如此。如同通知所述，這次的遊戲是在較為特殊的情況下舉辦的。第三課幾乎沒有參與，報酬也並非「任何東西」，而是單純的「獎金」。所以，其實我也只有參與到新手教學而已。』

「哦，是這樣啊。」

『您也用不著說得那麼遺憾……對不起。像垂水先生這種有英雄情節的早熟小鬼，我一丁點興趣也沒有，還請您見諒。』

「什、什麼啊？我對妳這種冷血老——」

『您再說下去的話，分配給您的角色就會是「樹木」。像幼稚園才藝表演一樣真是太好了

呢。』

「…………」

『好的，到此為止——先前也說過了，我想盡快結束這個新手教學。聽從「那傢伙」的指派，已經讓我做得很不情願了，真受不了。』

圖書館員用鬧彆扭似的口氣絮絮叨叨地發著牢騷。不過，剛才那真的是我的錯嗎？要說是不講理，倒不如說是專制。根本恐怖統治。

唉，真是的。配合這傢伙扯東扯西的話，話題永遠不會有進展。

「所以咧？差不多該進入正題了吧。這次是什麼遊戲啊？」

『啊，是是是，您說得沒錯。那麼就來說明規則吧……嘿。』

圖書館員看似感到非常麻煩地嘟嘟囔囔著，並慢慢抬高右手。

接著，「啪」一聲——她打了個響指。

「唔……！」

隨著這道響亮的聲音，三百六十度全景螢幕啟動了。一瞬過後，無數相連的「短文群」占據了整片視野。如此龐大的文字漩渦甚至令人覺得有種暴力感。我看向開頭的部分，那裡只簡潔地寫著「說明書（Rule Book）」。

『嗯。靈敏度完美——這樣嗎？不過，展開速度有一點問題。』

眼鏡女一邊喃喃說著「需要改善」，一邊俯視這片景象，然後從容地翹起腳。

因為這樣而增加些許「圖書館員的氣質」後，她嘴邊浮現淺淺笑意，接著說下去：

『好了，趁我還很有興致的時候繼續這個話題吧。

這次邀請垂水先生遊玩的是Selector of Seventh Role——簡稱ＳＳＲ的七人大亂鬥。所有玩家會被分配為勇者、魔王、革命家、判官、處刑人、追跡者與神官等其中一個職業，目標是達成各職業的勝利條件。

那麼，我預先在這裡公開所有職業對應到的勝利條件。

勇者：擊破魔王。

魔王：擊破勇者。

革命家：處刑人、追跡者、神官退出遊戲。

處刑人：魔王、判官、神官退出遊戲。

判官：神官生存，以及任意兩個職業退出遊戲。

追跡者：面對其他六個職業的持有者全員，達成「在半徑十公尺以內潛伏五小時」。

神官：換日時，有三名以上「持有５０００ｐｔ以上的玩家」。

——到這裡有什麼問題嗎？』

我一邊將圖書館員的說明吸收進腦袋，一邊追逐著說明書的字句。

七人大亂鬥。每個玩家會被分配為不同的七個職業，目標是達成各職業的勝利條件。並且，所謂的勝利條件就是寫在這裡的七個條件。

「到目前為止都還算聽得懂……我問一下，既然說是大亂鬥，就表示只要有人達成條件，遊戲就會在當下結束吧？」

『您的理解沒有錯。』

「那麼，神官勝利條件裡的『ｐｔ』是什麼？」

『以垂水先生的程度而言，這個著眼點不錯呢。以垂水先生的程度而言。嗯。

接著繼角色制之後，來說明點數制吧。這部分真要說的話，是這個「遊戲世界整體的規則」。由於解釋起來很麻煩，用粗略的比喻來說——ｐｔ這東西就是「萬能貨幣」。』

「萬能貨幣？」

『是的。從食品、日用品到武器、防具、道具、服務所需代價、打工薪水、任務報酬——說得極端一點，ＮＰＣ、土地甚至整個世界，只要能付出等值的ｐｔ，就沒有買不到的東西。』

「……喔。」

我心想原來如此，這聽起來還滿有趣的。並非「這個世界的金錢是以ｐｔ為單位」這麼簡單而已，在與其他玩家進行ＰＶＰ時，應該會是導向有利局面的必備要素。

「所以要怎麼樣才能賺到ｐｔ？」

『有幾個方法。如同剛才所說，可以在遊戲內解任務或是打工，做生意也無妨。但是，從現實世界帶過來的東西就算賣掉也得不到ｐｔ，請謹記這一點，因為斯費爾不負任何責任。』

「跟別人進行ＰＶＰ獲勝的話呢？全都歸我嗎？」

『答案是ＹＥＳ。在擊破其他玩家的情況下——順道一提，擊破的定義就是很單純的「ＨＰ歸零」——對方玩家的持有ｐｔ會全部移轉到您身上。除此之外，這個世界的ｐｔ本來就會自動增加。只要登入遊戲，便會以每分鐘１ｐｔ的速度持續增加。因此，基本上來說，一直保持登入會比較划算喔。』

「什麼划算……這種事再怎樣都辦不到吧，學校之類的是要怎麼辦啊？」

『我倒認為「垂水先生一定沒有問題」……好了，總之ＳＳＲ的遊戲內容大概就是這樣。妥善運用ｐｔ，比其他人更快達成勝利條件，這很簡單易懂吧。細節部分就請您在遊玩的過程中慢慢學習了。』

我厭煩了——圖書館員一邊表達這樣的弦外之音，一邊露骨地打了個呵欠。該說她實在很擅長挑釁他人嗎，總之這樣的人格令人非常惋惜。

「唉……算了，就這樣吧。大致的規則我應該都聽懂了。」

『那真是好極了，垂水先生——那麼，已經沒事了吧？沒錯吧？我可以將您剛才那句「聽懂了」當作完全明白的證明記錄下來吧？』

「嗯，沒問——」

『啊，對了。說起來，通知上也有提到，除了各職業的勝利條件之外，還存在「另一種」勝利條件，遊戲開始後，您記得趕快去確認一下喔。』

「……妳竟然打算在忘記說這件事的情況下結束新手教學啊？」

『呵，您這麼說還真是失禮至極啊，垂水先生。我沒有忘記，而是竊以為「垂水先生的話，應該不用說明吧……反正是個小鬼……」如此。』

「…………」

『嗯，看來您沒有任何意見。非常好，垂水先生。真的非常感謝您的協助，讓我可以延長休假——那麼告辭了。嘿呀！』

啪一聲，配合圖書館員隨意打的響指，全部的螢幕再次歸於沉默。

幽暗之中，在微弱的光源映照下，戴著眼鏡的她浮現出一抹蠱惑的笑容。與此同時，她的嘴邊不知為何喃著「憐憫之色」——然後說了這麼一句話：

『「請節哀」，垂水先生……我姑且會一直支持著你的。』

#

『已確認七名玩家正式參加（登入）。』

『系統正常運轉（All Green）：時間同步適當（Synchronize）：職業配置（Role Cast）完成。』

『距離遊戲開始時間18：00剩餘三秒——二秒——』

『——零秒。』

『開始進行Selector of Seventh Role。』

……剎那間轉暗。

幾秒後，我戰戰兢兢地睜開雙眼，便發現自己的身體正豪邁地「飛在空中」。

「呃，咦咦咦咦咦咦咦咦咦咦！」

落下。墜落。我毫不客氣、毫不留情地破風而下，離遙遠的地面愈來愈近。

映入視野的——是絕對「不可能出現在現代日本，極為不同的街貌」。

這座巨大的城市整體以帶有紅色的磚塊建造而成，給人井然有序的統一感。以世界觀而言，應該比較接近中世紀奇幻作品、ＲＰＧ裡面會出現的那種「城下町」風格。修建為同心圓狀的街貌正可謂是經典的建築方式，唯一的顯眼之處在於中心部本該是城堡，但這裡則是蓋了一座高聳的建築物。

那是……鐘塔嗎？

「不對，現在不是想著『那是鐘塔嗎？』的時候！才沒有閒情逸致去欣賞咧！」

為了喚醒不知何時開始逃避現實的思緒，我用力吼出聲——但是——

「慢著……等一下，好奇怪……不會吧？」

「我的聲線沒這麼高吧」？

突如其來的疑問讓我忍不住摸了摸脖子。接著，一種「光滑彈潤的觸感」立刻頂回手指。而且這隻手指也「白皙修長」，實在不像是男高中生會有的手指。

「粉紅色長髮」暴露於帶有劈斷之勢的風壓中，一整個倒豎衝天。

哥德式「黑色長裙」彷彿降落傘一般膨了起來。

「……這……這是……！」

哦——原來如此。原來如此啊。到這個地步，遲鈍的我也意會過來了。

「她說的『女裝癖』還有什麼『請節哀』……原來是『這個意思』啊混帳啊啊啊啊啊啊啊！」

換句話說，看來我和ＲＯＣ那時候一樣，這次似乎——也必須跟不認識的女孩子交換身體來進行遊戲了。

儘管我有幾次差點在空中昏迷過去，但這個墜落似乎只是一種演出效果，原本像隕石一樣墜

落的身體，卻平安無事地落地於遊戲場域。

「如果不是必要性處理的話，用不著特地讓人墜落吧……」

在咒罵的同時，我也安心地呼了口氣，並先觀察周遭的情況。

這裡應該是住宅區的一角。也因為接近晚餐時間，看似從商店街那邊回來的ＮＰＣ讓道路變得頗為擁塞。晚霞與磚塊產生相乘效果，營造出富有懷舊情懷的景致。

此外，最令人驚訝的還是那種不尋常的重現度（品質）。

在ＲＯＣ的時候也徹底讓我體會到了這一點，如果對方不是斯費爾的話，我絕對不會相信這是「創造出來」的世界吧。

「……是說，這種事情先擺一邊。」

我用可愛的聲音喃喃說道，然後甩了甩頭，斷絕不需要的思緒。

Selector of Seventh Role——ＳＳＲ。關於這次的地下遊戲，我有好幾件事要確認。不過，最重要的一件事，就是先照「鏡子」。雖然我平常不是那麼在意打扮的人，但完全不曉得自己長什麼模樣的話，意外地令人不放心。

我就抱著這點細微的不安，在遊戲世界閒晃了十五分鐘。

走到類似小廣場的空間後，我發現那裡有個小小的「噴泉」。

「雖然是很老派的方法……不過算了。」

真要選的話，當然是穿衣鏡比較好，但只是要照出長相的話，這樣就很足夠了。我抱著決心點了點頭後，從噴泉的側緣探出身子。結果——

「哇……」

好可愛。

我看到了十個人裡有十個人都會如此稱讚的超絕美少女。

第一眼的印象應該是「看起來很華麗」吧。淡粉紅色的頭髮輕柔地流瀉到背部，一雙大眼睛是強勢的紅色。感覺在頭上戴個皇冠會很適合……不對，有一點不同。比起清純端麗的公主，一手掌握整個世界、天下無敵的「魔王」更加貼近形象。

將這種形象襯托得更突出的，是這身衣服——哥德式黑色禮服。而且走的不是沉靜的風格，搭配的荷葉邊多到過度裝飾的地步，也就是所謂的哥德蘿莉塔服裝。搞不好比之前的春風更加強調「女性」這一點，對我來說其實很不好受。

要問哪裡不好受，那就是胸部。

薄薄的布料因為胸前的柔軟豐盈而撐成碗狀，裸露度雖偏低，但胸部的位置開了一道小口……於是自然而然，我便可愛地倒抽了一口氣。

聽從惡魔的呢喃聲，我就這樣朝那個藝術般的豐盈伸出手——

「咦！不、不行不行，這樣是不可以的吧！」

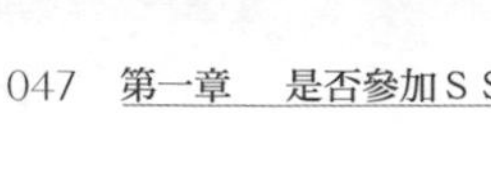

——千鈞一髮之際，我回過神，將抬起來的雙手重新交抱在身前。

「真是的……」

我調整有點紊亂的呼吸，並決定暫且把「這傢伙」的容貌問題拋到腦內一角。現在該思考的是更「緊急的事情」。

亦即——為什麼我和她必須交換身體？

這是怎樣，到底在幹嘛？ＲＯＣ和ＳＳＲ都搞這招，難道將我套用進美少女虛擬形象是斯費爾的流行嗎？不，應該不是這個原因吧。ＲＯＣ的「互換身體」存在著「必然性」。那麼，這次理當「也是如此」。

換句話說——「這傢伙就是那張插圖裡的電腦神姬」。

所以ＳＳＲ的ＧＭ是出於某個目的，讓我跟她交換了身體……？

「……呼。算了，再繼續想下去也沒有結果。」

我嘆了口氣。水面映照出厭世的表情後，我用優雅的動作離開了噴泉。

不懂的事情再怎麼苦思也不會有辦法。

遵循這個簡單明瞭的真理，我將「互換身體的疑問」擱置一邊，在附近的石階坐下，決定觸碰看看從剛才就很在意的「終端裝置」。

終端裝置纏繞在左手腕上，儘管顏色和細節設計不同，但基本上和ROC那個類似臂部裝甲的裝置一樣。操作方法似乎也沒什麼不同，我試著把手指放上去，畫面就在眼前投影展開。

顯示出來的是終端裝置的首頁。玩家的持有物品、詳細狀態和職業等資訊，全都一起塞在這裡……唔，該怎麼說好呢，總覺得這UI設計得不太親切啊。或許習慣後會覺得很方便，但一開始的時候應該會很不知所措。

「不過，先不管這個……我是『魔王』啊……」

我一邊微微搖著被粉紅色長髮包覆的腦袋，一邊緩緩地低聲說道。

——魔王，就是魔王。從七個職業中分配給我的是魔王。

我回想圖書館員在新手教學的說明內容。SSR的參加者有七人，存在的職業也一共七個。也就是說，每個人都會被分配到一個職業。並且，每個玩家的勝利條件是依照各自的職業來決定。

「沒記錯的話，魔王是『擊破勇者』吧。」

雖然我還不曉得難度是怎樣，但幸好條件很單純。簡單來說，只要我盡快從另外六人當中找出勇者，想辦法打倒對方就可以了。

接著，我決定也看看其他項目。

話雖如此，幾乎所有東西都已經聽圖書館員說明過了。以HP為首的各種數值、連服裝鞋子

都詳細記載的「持有物品」一覽，還有「現在持有ｐｔ」的顯示欄，小數點以下的數字在現在這一剎那也正持續不斷地上升。

要說有什麼新奇資訊的話，就是玩家資訊的項目裡所記載的「技能」吧。

『玩家名稱：垂水夕凪。持有技能一覽。

——職業技能。

魔王：強制徵收（２０００ｐｔ）：從一名指定玩家的持有物品中奪取任意一項。以這個技能奪取的物品，用任何方法都無法奪回。

——共通技能。

增速（５０ｐｔ）：一定時間內，指定玩家的敏捷值加倍。不可重複。

力量（５０ｐｔ）：一定時間內，指定玩家的攻擊值加倍。不可重複。

治療（１００ｐｔ）：恢復指定玩家的ＨＰ，為總ＨＰ的三成。使用後，一定時間內不可再使用。

終焉（１０００ｐｔ）：「你會成為ＳＳＲ的勝者」。』

「…………原來如此。圖書館員說的另一個勝利條件就是這個吧。」

我望著終端裝置的畫面，小聲吐出這句話。除了各職業的勝利條件之外，所有玩家共同擁有的「第二個勝利條件」——便是這個「終焉」技能。

舉例來說，將這個設定套入我，或者應該說魔王的話……

・擊破勇者。

・存1000pt使用終焉技能。

比誰都還要快達成其中之一，就是攻略SSR，進而救出「這傢伙」的絕對條件。

「10000pt啊……」

我抱胸沉吟起來，並確認目前持有pt，顯示在上面的數字是1014。雖然是非常不上不下的數值，但一開始應該是剛好1000pt，然後隨著時間增加合計起來就是現在這樣。

「我想想，pt的自然上升是每分鐘1pt，單純計算的話就是一天1440，一星期10080pt吧。因此，極端一點的話，只要躲將近一個星期就會自動通關……不過，也不可能這麼順利吧。」

我自己說完都不禁露出苦笑。畢竟那可是一個星期，要假設這段期間完全不消耗pt實在太牽強了。就算自己完全不出手，逃走的時候也需要用到加速技能，不可能以0pt逃走。

「……不過，所謂的萬能貨幣真的很有意思。」

紅眼美少女不禁賊賊地勾起嘴角，吐出這麼一句話——也就是我。

雖然我在新手教學聽到pt時沒什麼感覺，但像這樣看到連技能消耗都是用pt來管理後，我終於確切地體會到了。pt能做什麼，不能做什麼，該怎麼使用最有效率。這是遊戲初期的醍

醐味，想確認的事情多不勝數。

因此——沒錯，就稍微來嘗試看看吧。

#

ＳＳＲ對於「持有物品」的處理有一點特殊。

首先，所有道具都可以使用「收藏(Close)」和「展開(Open)」的指令任意取出或收起。而且「收藏」狀態的持有物品也可以透過終端裝置直接出售，購買當然也一樣。換句話說，在ＳＳＲ不需要經由商店或對象來取得道具。

在這樣的情況下，清楚理解這一點後——我來到了一間商店。

「……歡迎光臨。」

跨過門檻的瞬間，櫃檯的男人就投來沒有幹勁的招呼聲。

我只向他點頭致意，便往內側前進。一整片牆上所展示的都是「武器」。從攜帶型短劍到超越身高的銳利寶刀，豐富多樣的刀劍密集地排列在一起。

「這樣的數量還真是壯觀啊……欸，老闆，我只是問一下啦，這把要多少？」

「……１８０ｐｔ。」

我的外表和口氣之間的落差，似乎讓板著臉的老闆驚訝了一瞬，但隨即恢復淡定的態度這麼說道……看來他應該是ＮＰＣ吧。儘管相較於電腦神姬還是差了那麼一截，但斯費爾的ＡＩ技術還是有點接近怪物級別。

話說，先別管這一點——一把短劍要１８０ｐｔ啊……

「行情好像跟日幣差滿多的。」

我來這裡的原因有幾個，其中一個就是「調查物價」。畢竟就算叫我存１００００ｐｔ，我也不曉得這是多龐大的數字。

在這一點上，進入這間店是正確的。

其實，劍的價格當然各有不同，就憑外行人隨便望幾眼也絕對不可能搞懂什麼行情。所以我看中的，是貼在店家內側的傳單。

『受理傭兵出租。５００ｐｔ就能僱用戰士一日！有指名制！』

「原來如此……這也就是說，如果要靠打工來賺到１００００ｐｔ的話，傭兵等級的工作就必須連續做二十天才行啊。」

要求的目標太高了。

儘管我變得有點憂鬱，但總之是成功得到想要的資訊了。我偶然間看到一把廉價版（複製品）的聖劍杜蘭德爾，決定選來當作眼下的護身兵器，便一把抓住劍柄帶到櫃檯。然後，依舊板著臉的老闆微

微抬起了頭。

「……妳要買嗎？」

「對，麻煩結帳。是說，這把劍沒有附劍鞘嗎？」

「……250pt。劍鞘的話免收費。從那邊的劍鞘裡隨便挑一副帶走就行。」

「這樣啊。還真是新穎的系統呢。」

我一邊說著玩笑話，一邊從老闆指著的地方借走一副劍鞘。雖然我沒在意尺寸和形狀，只是隨便選的，但對於這部分的問題，遊戲世界總能應變自如。這副劍鞘明顯過大，卻在裝進杜蘭德爾（偽）的瞬間，咻咻地收縮了起來。

「好。」

我將收納著劍的劍鞘掛在腰上，有點得意地挺起胸來……老實說是很礙事啦，但畢竟是我在SSR（這個遊戲）的第一把武器。現在也才剛買到手而已，就算興沖沖地掛在身上而不使用「收藏」，也不至於會遭到報應。

我一邊想著這種無關緊要的事情，一邊操作終端裝置完成付款，然後帶著好心情準備離開商店——剛好就在此時……

「……慢著，小姑娘。」

冷淡的嗓音從後方叫住了我。

「……妳是想怎樣？我應該說過劍鞘是免收費的吧。」

「嗯？我的確有聽到啊，也沒打算付錢喔。」

「…………」

「沒事的話，我就走嘍。畢竟老子——人家在趕時間。那『待會兒見』啦。」

我配合外表露出小惡魔風格的笑容後，這次便真的離開了武器店。

——才剛踏上石板路，掛在腰際的劍鞘就摩擦著地面，發出喀喀的聲響。

「接下來呢……」

長髮隨風飄揚的同時，我將雙臂環抱在胸部的正下方。既然資訊大致上已收集完畢，那差不多該來擬定SSR攻略的方針了。

首先，以目前的印象而言，要存10000pt恐怕是痴人作夢。要花的勞力和時間都太多了。雖然好像還有「透過PVP擊破其他玩家就能獲得對手所有的pt」這條路，但要是運氣不好的話，也賺不了多少。

既然如此，那就還是要去打敗勇者，以職業條件的勝利為目標。

「這個方法感覺也有一點問題啊。」

我心情晦暗地嘆了口氣。

原因在於，「所謂的勇者就是毀滅魔王的存在」，這本來就是遊戲的常識。斯費爾如果有確實沿襲這個公式的話，ＳＳＲ的勇者即使具備對付魔王的致命技能也沒有什麼好奇怪。

「魔王與勇者並不是對等的嗎……不過，事到如今抱怨職業分配也無濟於事。總之，先想辦法找出勇者吧。」

說完，我半是下意識地抬起右手，習慣性地摸後頸，然後不經意地撓了撓後腦杓——就在這一瞬間，舒服得可怕的觸感從指尖一路穿透到腦袋。不妙，太過輕柔了。光滑得不可思議，軟到彷彿要融化，極致的柔順感令人想永遠摸下去……是說，不對啦！

「這、這種事情怎樣都無所謂啦！現在該想的是打倒勇者的方法——」

「——『打倒我』？哦，妳這句話真有趣呢。雖然我覺得是白費工夫，不過妳可以試試看喔。」

「咦！」

在理解那句話的意思之前，我的身體就已經先行動了。

共通技能「增速」啟動。我充分運用暫時增強的敏捷性，躍向通道旁邊。同時間，一道荒謬的破風聲轟然重擊我的耳膜。衝擊後，餘音迴盪，石板路被刮起彈飛……真是不得了的威力啊。

才揮這麼一下就破壞了寧靜的街景。

來來往往的ＮＰＣ爭先恐後地逃往安全地帶——就在此時……

有個人影喀喀地踩著鞋子，悠然地朝我走來。

那是個很奇異的人物。畢竟「沒辦法辨識出樣貌」。我明明是正對著對方，但對方的身高、長相、體型甚至是衣服顏色，一切都辨識不出來。

要比喻的話，那只是一個「影子」。

「影子」走到我面前站定，然後慢慢張開雙手，和緩地輕聲說道：

「初次見面，魔王。『我是勇者』。沒錯，我正是勇者。很抱歉，這個遊戲開始沒多久就要因為我的勝利而結束了。噯——妳現在是什麼心情啊，魔王？」

難以捉摸的嗓音道出了宣言，不過，聽起來有一絲冷酷之意。

#

我有一句話必須先說在前頭。

其實ＲＯＣ的時候也是如此，裙子這種東西真的致命性地不適合戰鬥。

「……咕！」

一聲鏗然響徹四周，我慢了一拍才意識到自己擋住了勇者的攻擊。輪廓模糊的巨劍從上方揮斬而下，儘管我反射性地舉劍回擋，但要展開劍刃互抵的角力戰的話，武器和使用者都過於不成熟。平衡在瞬間崩毀，我在差點踩破禮服的情況下，趕緊與勇者隔開距離。

與此同時——「登」的一聲，我知道是終端裝置在切換顯示。

圓形的綠色ＨＰ條、技能的簡易連接（快捷鍵），以及登入功能的暫時中斷（封鎖）。換句話說，就是所謂的「ＰＶＰ模式」。斷絕玩家逃往現實世界的這條最強退路，但相對的，似乎會讓各種資訊可視化，為戰鬥提供支援。

「——嗯，妳的洞察力還不賴嘛。」

「唔……！是怎樣啦，你從剛才開始到底想幹嘛啊！」

「想幹嘛？我就說我是勇者啊。因為打倒妳就能通關，我才會立刻全速來這裡『獵殺』妳。這不是很正常嗎？」

勇者以教誨的語氣說出危險言論，還「呵呵」兩聲，像是在嘲笑。

我重新觀察勇者手上的巨劍……雖然我不是很清楚，但一定是相當厲害的武器吧。就像剛才我明明合併使用「力量」和「增速」，卻幾乎連制衡都沒辦法。這就代表雙方存在著壓倒性的性能差距。

——然而——

如果只因為這樣就停止思考的話，根本不可能有辦法攻略地下遊戲。沒錯，那傢伙手上的武器確實很強。但ＳＳＲ開始後還不到一小時，參加者之間當然不會產生多大的ｐｔ差距。

這就代表著——勇者「失策了」。

現在每個人都只持有初期值再多一點的ｐｔ，如果買了強到不相襯的武器，那就代表身上已經沒有資源了……！

「——『增速』！」

加速技能的效果時間已結束，我再使用一次，然後筆直地朝勇者衝過去。不出所料，在我加速之後，勇者沒辦法徹底追蹤到我的位置……果然沒錯啊。除了那把大得非比尋常的巨劍外，還把ｐｔ花在「阻礙認知的道具」上，那傢伙如今恐怕連使用「增速」的額度都沒有了。

儘管如此，那傢伙卻還是用非常游刃有餘的態度說著風涼話。

「我覺得妳是在白費工夫耶。一點效率也沒有，反正勝利是屬於我的。」

「少囉嗦！」

我不顧大肆飛揚起來的粉紅色長髮，往勇者砍了過去。確實的手感通過劍身傳到了手臂。

雖然那傢伙往我的肩頭回砍一劍，劃破一道傷口……但很淺。終端裝置表面的ＨＰ條只扣了一點點，而且我還可以使用恢復（治療）技能。

我伸出紅舌舔掉自己的血後，瞪著到現在還從容地站著的勇者。

「……哈。妳的『眼神』還真驚人呢。我好像有點興奮起來了。」

「……哦，這樣啊。那你就帶著興奮的心情去死吧！」

我厲聲痛罵後，踩上附近的石壁一躍。能力值在技能的增強下變得相當暴力，嬌小的身軀像子彈一樣飛了出去。民家的屋頂、老舊的招牌、路邊的岩石——我以Z字形軌跡到處跳躍，並在過程中，使出攻勢凌厲的迴旋斬從偏上的位置揮砍而下。

勇者拿起巨劍擋住這一擊，試圖利用武器的性能差距來壓制我，但這點程度的抵抗我也早就料到了。我以被擋住的劍為軸，整個身體跳起來「半迴轉」。右腳因為離心力而強化，就這樣瞄準勇者的天靈蓋——

「呃……！」

——擊中了。

勇者招架不住這記威力破表的腳跟下踢，失手將巨劍掉落在地。雖然傷害遠不足以讓人陷入瀕死狀態，但剛才的衝擊可能造成了腦震盪，只見勇者的動作搖搖晃晃的，無法穩住。

「這一擊……就結束了。」

以離譜速度劃出離譜軌跡的代價，就是我事到如今才產生想吐的感覺，但我還是擋在勇者面前。然後，我就這樣毫不猶豫地將複製版的杜蘭德爾直直地刺出去。

「呃————啊……」

嘶啞的聲音，以及呼氣。

勇者伸出雙手抓住劍，跪落了下去，最後全身撲倒在地面。手腕的終端裝置的光芒瞬間消失，緊接著，身體也化為粒子從世界上消失……嗯，還好不是那種會留下屍體的系統。

「呼……」

但不管怎樣，這樣我就打倒勇者了。

我一邊安心地微微呼著氣，一邊將自己的劍收入劍鞘，順便「收藏」到終端裝置內，然後用力將空空的雙手舉向天空，伸展背部肌肉——是說……嗯？奇怪？

我打倒勇者了？

等等——慢著，給我等一下。由於突然遭到襲擊，我滿心只想著要自衛，不過，我該不會「已經達成勝利條件」了吧……？

是啊，畢竟就是這樣。我是魔王，而魔王的勝利條件就是打倒勇者。

老實說，我覺得非常沒勁，根本都還沒拿出多少實力，但的確是滿足了條件，所以表示「SR就會到此結束」——

「——不會這樣就結束喔。」

「咦！啊，『增速』！」

聽到突然拂過耳膜的平板嗓音，我刻不容緩地選擇發動加速技能。不需要思考，我條件反射

地不斷往前方衝刺。

後來回頭想想，這個判斷毫無疑問非常正確。

因為……在下一瞬間，不知何時站在我背後的勇者舉劍橫掃而來。

「什麼……你怎麼會……」

我在櫻色髮絲紛飛的視野中看見勇者後，勉強擠出顫抖的嗓音。

「剛才那樣沒讓你死掉嗎！」

「哎呀，我說啊，難道妳已經忘了嗎？不久之前我不是才說過嗎？『妳可以試試看』這樣。」

「試試看……？」

經他這麼一提，我才忽然想起一件事，於是用右手碰觸終端裝置。畫面在與勇者重疊的情況下投影展開，我滑動操作，開啟寫著「紀錄(Log)」的頁面。

如同「紀錄」字面上的意思，遊戲內發生的事情都會以文字的形式記錄在這一頁。其中分為「個別紀錄」與「全體紀錄」這兩種，前者似乎會顯示「在自身參加的ＰＶＰ中使用的一切技能、道具之紀錄」，後者則是「在ＳＳＲ整體世界中使用的職業技能之紀錄」。

而那傢伙意有所指的事情，在兩邊都清楚地記錄了下來。

『勇者使用了職業技能：自動存檔＆讀檔。』

「呃——————」

我說不出話來。

所謂的無言以對，就是現在這樣。

自動存檔&讀檔……所以是「自動復活技能」？這是怎樣？別開玩笑了。不對，說到勇者的話，最沒道理的特性確實就是這一點。絕對性的主角補正。無論死掉幾次，都可以從最後的存檔點重新來過。「扭曲的不死性」。這或許真的很適合當作勇者的職業技能。

但是，這不會很奇怪嗎？把在ＲＰＧ學到的這種卑鄙理論帶進來的話，就代表這個遊戲的魔王不可能打贏勇者……！

「所以我就說過了啊，妳是在白費工夫。」

腳步聲刺耳地喀喀作響，逐漸削弱我的精神。

「魔王打贏勇者這種事情，是不可能發生的。妳一開始參加的就是沒有勝算的遊戲。哈，非常沒有效率吧。換作是我的話，老早就退出了。畢竟，妳已經無計可施了吧？」

影子說完，吃吃竊笑了起來。無計可施……確實如此。儘管ｐｔ還沒見底，但繼續打下去的話，遲早會落入那種困境。等到彼此的ｐｔ都用完，就是單純比武器的強度了。

先行投資的差距就在這裡——————「先行投資」？

「不………還沒完咧。」

沒錯，我想起來了。動搖和焦躁害我完全忽略了一件事，但確實「存在」。我正是為了這種時候才預先準備好。

我深深地吸進一口氣……然後猛然「背對勇者狂奔了起來」。

「——咦？」

勇者似乎有一瞬間感到困惑，但隨即急起直追。背後傳來逐漸逼近的氣息，而且每一秒都愈來愈近。我猜，勇者的敏捷值應該本來就設定得較高吧。我明明一直保持「增速」的狀態，但不管經過多久都還是甩不掉對方。

我轉進巷子裡，爬上石階，在道路上奔馳。

就這樣，我衝進去的地方——沒什麼好隱瞞的，就是那間「武器店」。

「喂，老闆！快給我出來！」

我踮起腳尖，雙手撐在櫃檯上，朝裡頭拚命地扯開嗓子喊道。雖然這種台詞怎麼想都不該是可愛女孩子說的，但這部分就別計較了，畢竟事態緊急。

「……搞什麼，想說怎麼吵得要命，結果又是妳啊？」

「面對這麼一個美少女還說『又是妳啊』這種話，你也太過分了吧……不過算了，我趕時間就長話短說吧。我有一件事要拜託你。」

「…………」

老闆微微皺起眉，用看不出思緒的灰色眼眸看我。

——就在此時，店門口傳來喀噠聲。

「哦，原來妳躲在這種地方啊。」

「唔！」

是勇者。宛如影子般捉不住實體的武勇之人……被追上了啊。

那傢伙看似稀奇地環視店內一圈，然後轉過身，朝我投來憐憫似的視線。

「逃跑後躲起來，這樣的選擇簡單得令人失望啊。我還以為妳一定會再動點腦筋呢。還是說，妳是打算在這裡買武器？SSR的商店跟裝飾沒兩樣，這種事情稍微研究一下終端裝置不就知道了嗎？」

「怎樣都無所謂吧？是說，你講話可以不要這麼像十六夜嗎？老子可不是為了取悅你們才參加遊戲的啊。」

「十六夜……？而且還說『老子』？奇怪，原來妳是男生嗎？」

「咦？啊，不是——咳咳……哼……哼！人家可不是為了回應你們的期待才參加遊戲的喔！」

「…………」

說完，過兩秒我就後悔了。

「……哼。」

不知是不是對我的行為感到傻眼到極點，勇者不再說一句話，從背上的劍鞘拔出巨劍，緩緩地步向我。甕中之鱉，窮途末路——雖然我聯想到了這些詞語……但不對。「我還沒用完所有的手牌」。

我現在的持有ｐｔ大約「２５０ｐｔ」。初期值和隨著時間增加的ｐｔ加起來將近１０６０ｐｔ，再扣除杜蘭德爾、四次「增速」、兩次「力量」共計５５０ｐｔ，照理說會至少剩下「５００ｐｔ」，但不知為何出現了三位數的誤差值。

那麼，剩下的２５０ｐｔ到底消失到哪裡去了——？

我就這樣用挑釁的眼神看著勇者，然後向旁邊的「老闆」賊賊地勾起嘴角。

「你應該還記得吧，老闆。我買這把劍時，支付的價錢不是２５０ｐｔ，而是５００ｐｔ。你還問我到底想怎樣，不是嗎？好吧，我就告訴你。那可不是劍鞘的錢——而是『賄賂』！五分鐘就可以了，幫我爭取逃跑的時間！」

「「呃！」」

我知道自己衝口說出的這番強硬言論，讓老闆和勇者都瞪大了雙眼。

沒錯——這正是先前離開這間店之際，我投下的「先行投資」的真面目。

ｐｔ被稱為萬能貨幣。說得極端一點，連世界都能買下，因此和其他遊戲的金錢類存在著本質上的不同。我認為應該還有更自由（Fuzzy）的使用方法，如果辦得到的話，那就該做做看。ｐｔ的使用方法一定會成為攻略ＳＳＲ的關鍵。

「…………」

老闆聽完我的「賄賂宣言」後，始終一語不發——不久後，他靜靜地呼出一口氣，緩緩起身離開櫃檯。他一臉嫌麻煩似的撓撓後腦杓，並走近牆壁，從一整面的展示劍之中挑了把特別大的日本刀。

接著，他以靜悄悄的步伐流暢地轉身。

在慢步朝勇者走過去的途中，他用冷靜的眼神銳利地射向我。

「……小姑娘，妳叫什麼名字？」

「呃！老子……不對，我叫做垂水——也不對……」

名、名字是……這傢伙的名字叫什麼啊？

難得ＮＰＣ大叔演出這麼帥的一幕戲，我卻卡在名字這一關。ＲＯＣ那時候都是報玩家名稱「雲居春香」，但很不巧的是，我這次是以垂水夕凪的身分參加。不管怎麼想，那都是男生的名字，不適用於這副外表。

「…………啊。」

對了。這傢伙我猜應該也是電腦神姬吧。

春風的同型機、前輩、「姊妹」——既然如此——

「鈴……鈴夏。我叫做鈴夏。」

「……這樣啊。雖然大概也沒機會見面了，不過，妳要好好保重啊。」

「呃……！好，老闆你也是喔！」

受到沉重的氣氛影響，我誇張地如此大喊，老闆則無奈地搖了搖頭，用下巴指了指商店內側，應該是催我「趕快走」吧。他微微擺動身體與勇者對峙的模樣既獨特又奇異，看起來簡直像是精通武術或其他功夫的高手。

「……那孩子是我的客人。雖然我不曉得你是誰，但勸你就此罷休吧。」

「哼……原來如此。賄賂，賄賂啊。我的確沒料到還有這一手。」

在老闆的冰冷目光（我看不到就是了）注視下，勇者略帶不甘心地吐出這句話。這是實質上的撤退宣言——看來我真的得救了。

我一邊在腦中對老闆致上滿滿的感謝，一邊從後門離開了商店。

#

「唉……」

在老闆的協助之下溜出武器店後，過了大概二十分鐘。

儘管順利擺脫勇者是好事一樁，但我愁容滿面，根本不像個美少女。這也已經是我第四次嘆氣，差不多連計算的心情都沒有了。

不過，我會這樣應該也是情有可原的。

魔王該打倒的目標，亦即勇者——那傢伙持有「絕對死不了」這一類的自動復活技能。得到這樣的資訊之後，還要人提起幹勁才是強人所難的要求。

「……但似乎也有壞處就是了。」

我低聲說著，看向終端裝置。雖然真的非常少量，害我差點沒注意到，不過勇者使用「自動存檔＆讀檔」的瞬間，我的ｐｔ稍微上升了一點。

因此——儘管這只是我的推測——那個技能所具備的效果應該是類似「死亡時，將持有ｐｔ轉移到擊殺自己的對象身上後，以ＨＰ全滿的狀態復活」。

「不過這樣一來，到頭來還是沒辦法打倒勇者。難道是『雖然以魔王的職業條件無論如何都贏不了，但相對容易存到ｐｔ，所以沒關係吧？』這種馬虎到不行的平衡調整嗎？」

……不，這樣「反倒還比較好」。

狙擊——這個不祥的字眼閃過我的腦海。實際上是有這個可能的吧。因為ＳＳＲ是第三課沒有參與製作的特殊地下遊戲，完全無法保證這次的ＧＭ會跟天道一樣維持最起碼的公平性。

「……唉。」

我又嘆了一次氣。

儘管抱怨個不停，我也絲毫不打算因為這種理由就退出遊戲。畢竟我在春風面前誇下了那樣的海口，要是這點程度就放棄攻略的話，倒不如一開始就別管什麼邀請函，早該拒絕參加……切換一下思緒吧。

「剛才的PVP幾乎耗光了我的pt，總之先去賺錢吧。既然是RPG的必備要素，去酒館之類的地方應該會有任務——」

話才說到這裡，忽然「電話響了」。

「咦？」

不是吧，電話會響……太奇怪了，這裡又不是現實世界。

「是說，啊，該不會是終端裝置在響吧……？」

這麼想著，我看向左手——結果好像發生了超乎想像的異狀。

要比喻的話，就像是被超惡質病毒感染的電腦。整個終端裝置宛如鏡球一般散發強烈的光芒，揚聲器大肆響著節奏快得要命的來電鈴聲。本來該顯示持有pt的欄位，現在正閃爍著類似警示訊息的呼叫通知，終端裝置本體也用幾乎要掐碎手臂的力勁不斷振動。

如果說是終端裝置附屬聯絡功能的一部分，這樣的演出效果明顯太過頭了。

「……咕嘟。」

我因為種種理由而嚥下一口唾沫，戰戰兢兢地伸出手指觸碰畫面。

結果，通知內容本身似乎確實是有人來電，在沒有任何預備動作的情況下，突然跳到通話畫面。畫面正中央顯示著對方的電話號碼，而我當然沒有看過……好像……並非如此？奇怪？

這不是「我的手機號碼」嗎？

因為混亂和動搖而變遲鈍的思緒終於得出了結論——就在這一瞬間。

『總～～～～～算是打通了！』

電話那端傳來的是「我的聲音」。

「…………咦？」

『咦什麼咦啦！垂水夕凪！你到底對我做了什麼啊？你腦子有洞嗎！雖然我不曉得你是怎麼辦到的，但「誰准你擅自使用少女的身體」啊！你給我聽好了，現在立刻登出！要是你對我的身體做了奇怪的事情……人家是不會輕易放過你的！』

「不、不是啦——先等一下。」

『……我等了啊。還沒好嗎？』

「太快了啦！」

我一邊打斷那個急躁得要命的催促聲，一邊想辦法整理紊亂的思緒。

以我的聲音講出那種用字遣詞實在噁心到超出臨界點，讓我很想乾脆死一死算了。至於對身體做奇怪的事情，我好像已經不小心做了一點點。不過，我在想的並不是這些小事——這是「妳的身體」？

「妳……所以妳該不會就是——」

『沒錯啊。我一開始不就說了嗎！』

她用力地深吸一口氣。

然後用我所熟悉的男高中生嗓音，以近乎尖叫的方式這麼說道：

『我是電腦神姬二號機！就是現在正被你玩弄著身體的可憐女孩子啦——————！』

『Selector of Seventh Role第一天結束時，中途情況。』

『魔王：584pt。勇者：104pt。革命家：1291pt。處刑人：997pt。判官：360pt。追跡者：1103pt。神官：882pt。』

『職業勝利條件、進行狀況——找不到該對象。』

第二章 非出自本意的身體交換(玩家交換)

CROSS CONNECT

#

——深夜十二點，悄然無聲，世界被寂靜籠罩。

我回應突如其來的聯絡而從ＳＳＲ世界登出之後，透過房間的筆電和「她」面對面。

『哦……』

廉價的液晶畫面映出一名紅眸女孩子，她正用露骨的鄙夷眼神瞪著我。

『你……叫做垂水吧？你打算參加遊戲，結果不知為何用的不是自己的身體，而是跟我交換了。反過來說，我也轉移到你的身體裡。你想這麼說，對吧？』

少女直勾勾地盯著我，眼神嚴厲得簡直像是在秤人斤兩似的。

在那張表情上，只找得到不滿與反感。

她深深地吸入一口氣，然後——「砰」地用力揮下雙手。

『那你幹嘛不在那個當下立刻登出啊！這太奇怪了吧！咦，難道不奇怪嗎！明明陷入那種

莫名其妙的狀況中，卻還覺得「不懂的事情再怎麼苦思也不會有辦法」是怎樣啊！哪裡沒有辦法了！登出不就解決了嗎！』

「那個……」

『哎，真是的，拜你所賜，我這幾個小時一直被「麻煩事」纏身，你知道我現在累得要命嗎！你要怎麼賠我啊！給我負起責任喔！』

「不是啦，妳聽我說……」

『而且還偏偏是個「男的」……！應、應該沒出事吧？我的貞操還沒出事吧？』

「啊？當然不可能會出事——」

『「有個粉紅毛在噴泉旁邊一邊碎碎唸，一邊試圖揉自己的胸部」。路上的ＮＰＣ可是目擊到這一幕了耶！』

「關於這件事真的非常抱歉。」

我原本坐在床上，瞬間跳下來將頭磕在薄薄的地毯上。

耳邊傳來用鼻子「哼」的一聲後，我抬起頭，便看到「交換身體的對象」——那個女孩子微微紅著臉，將雙臂交抱在身前。

『這次就饒過你……還敢有下次的話，我就把你「碎屍萬段」。』

操著極度危險詞彙的少女——電腦神姬。

直到剛才為止，她毫無疑問就是我自己，於是我重新以客觀的角度觀察她。

雖然春風也是如此，不過她真的是美到超脫現實的女孩子。黑色哥德蘿莉塔禮服、粉紅色長髮、看起來很有主見的紅色眼眸。明明每個部位都很有特色，卻不會互相干擾，呈現出高度的和諧。

只不過……

『……看什麼看啊？』

要挑一個問題的話，就是她徹底地在警戒著我——這樣吧。

「呃……總之，先釐清一下情況吧。」

也因為尷尬氣氛的影響，我不由得搔了搔臉頰，開口提議道。

結果，少女露出顯而易見的嫌棄表情。

『什麼？情況已經夠清楚了吧？垂水，沒想到你的個性還真是麻煩啊。』

「才沒有咧，很正常啦。再說，我連現實世界（這邊）和ＳＳＲ（那邊）可以通訊的原因都不知道耶。妳竟然打算省略這部分的說明啊？」

『這當然是因為我是電腦神姬啊。以上ＱＥＤ（證明完畢），ＯＫ？』

「慢著，完全不ＯＫ啊……『電腦神姬具備特殊能力』，這一點我確實知道，但我認識的那傢伙可不會這一招啊。」

這時間八成已經睡著的春風——雖然不清楚她是何時回去的，但床邊有留下一張寫有「請保重身體喔」的字條——我一邊想著她的事情，一邊試圖反駁。

畢竟，如果電腦神姬都能像這樣進行通訊的話，ROC那時候寫交換日記的意義何在？我並不是要否定書面溝通的作用，但從各方面來說，直接對話還是比較方便。

我提出這一點後，畫面那端的她一臉疑惑地偏過頭。

『咦？你在說什麼啊？這是很理所當然的事情吧。編入我們體內的Enigma代碼至今依然完全沒有破解，它會對AI產生什麼樣的作用，這方面幾乎都還在摸索中喔。所以，每個電腦神姬所發掘到的能力都不一樣。以我的情況而言，就是「對終端裝置的干涉效果」這樣。』

「……原來是這樣啊。」

電腦神姬各自具備了不同的「固有」特殊能力——是這個意思嗎？

回想起來，天道似乎有提過這件事。舉例來說，電腦神姬五號機——春風的能力是「改寫設定」。春風曾經改寫我在ROC的登入條件，讓我暫時被排除在遊戲之外。

同樣的，這個少女則是具備「直接干涉終端裝置的能力」。

『哼哼，怎麼樣？這樣你應該全部都懂了吧？』

「嗯，但也就只有通訊這一塊吧。其他部分我還是一頭霧水。」

『唔……為什麼啊？撇開電腦神姬如何的麻煩問題不談的話，也不是那麼複雜的關係吧？垂

水你對我性騷擾，而我寬宏大量地原諒你了。你看，這樣不就說明完畢了嗎？那麼Bye～～』

「慢著！不要擅自把性騷擾當成既定事實！也不要抱著那種半吊子的理解就打算拍拍屁股走人啦！」

我向嘟著嘴堅持主張的少女——不對，是將臉湊近筆電畫面叫道。

老實說，這樣的情景簡直慘不忍睹，但我也顧不得形象了。既然她是動了某種手腳才能建立通訊，要是切斷的話，我就沒辦法主動聯絡她了。所以我當然拚了命也要留住她。

『受不了耶……真拿你沒辦法。』

也許是我的祈禱奏效了，少女喃喃低吟了一陣，不久便聳聳肩這麼說道。

「太好了……那麼，先自我介紹一下吧。我叫做垂水夕凪，是高中生。雖然我不能說得太多，不過，我是因為一些緣故才會參加ＳＳＲ。」

『用我的身體？』

「嗯，沒錯，但我並不是故意這麼做的……然後呢？妳是誰？」

隔著薄薄的液晶畫面，我目不轉睛地盯著那雙紅眸。

這個超絕美少女的「真實身分」。雖然她已經親口證實自己是電腦神姬，但我想知道的反而是她的「遭遇」與「現狀」。在互換身體這種特殊狀況下進行遊戲，手頭資訊再多都不會白費。

『咦？所以說……嗯？』

——我是這麼想的，不過……

『我是誰還用問？剛才不就說過我是電腦神姬了？……你是笨蛋嗎？』

「不是啦，我當然知道妳是電腦神姬啊。但是，我要問的不是這個。」

『那你到底想問什麼啊？講話不清不楚的耶。』

「妳……我沒講出來而已，妳倒是得寸進尺了啊。我知道了，既然這麼想要我講清楚的話，我就一題一題問吧。首先，妳叫什麼名字？」

『…………名字？』

少女原本用鄙視的眼神瞪著我，但突然睜大眼睛眨了眨。『對喔，名字……名字嗎？』她嘴裡不斷如此重複著，一反剛才那種渾身帶刺的態度，現在看起來相當溫順。不對，與其說是溫順……不如說甚至有點「沉痛」。

「呃～那個，妳該不會是沒有名字吧？」

『唔！少、少囉嗦啦。就算沒有名字也沒差吧——不對。我不是沒有，是「不需要」。說起來，之所以沒有準備識別記號給我，正代表我才是唯一、絕對——』

「那不好意思，妳的名字可不可以取為『鈴夏』啊？」

『最強又全知全能的女超人…………欸？』

她像是在說服自己似的開始碎碎唸，而我打斷她的話語，直截了當地拋出剛才就很想問的問

題。

隨著摻雜困惑的氣息，少女緩緩地抬起頭。

『鈴、鈴夏……？所以這是你想的名字？』

「對。風鈴的鈴以及春夏秋冬的夏，結合起來就是『鈴夏』。不瞞妳說，我剛才在遊戲裡無意間報了這個名字。我也不希望造成後續麻煩，如果妳願意配合的話，那真的是幫大忙了。」

『…………』

「……是說，怎麼了？妳不喜歡嗎？」

裝在二十四吋畫面裡的她，就這樣垂著頭不住顫抖，導致我完全看不到她的表情。但是……她的躊躇令人覺得情況不是很樂觀。

我的腦海閃過這抹不安，而就在這一剎那。

『————呃！』

綴著粉紅色頭髮的少女一鼓作氣地猛抬起頭。

『嗯、嗯哼？鈴夏。鈴夏啊。都、都怪你的品味太差了，害我愣了一下！真是的，實在受不了你耶！……不、不過，既然這是你絞盡腦汁好不容易才取好的名字，要是一口回絕的話，那就太可憐了……所以我出於無奈，只好拿來用了。我會把鈴夏當作自己的名字的。你、你別誤會喲！我可是非常不願意！』

「咦？啊，不是啦，如果妳這麼不願意的話，其實也沒關──」

『我沒說過我不願意吧！』

「…………啊？」

這是怎樣？程式錯誤嗎？

少女──「鈴夏」鼓起泛紅的臉頰罵著我，但有時候又喃喃說著「鈴夏……嘻嘻」，變成了謎樣的機器人。我則望著她那奇特的行為，微微地歪了頭。

「──那麼，妳幾乎徹底了解ＳＳＲ的規則，沒錯吧？」

『對，沒錯。關於ＳＳＲ的事情，我可以說是最強的包打聽喔。不管是規則、設計還是路邊餐廳的祕密菜單，我可是全部都曉得呢！』

我隔著畫面看鈴夏自信滿滿地說著，同時「嗯」地靜靜用雙臂抱胸。

後來經過十幾分鐘──等她終於重新啟動後，我問了她幾個問題，才晚一步地掌握住大致的情況。

首先，鈴夏是斯費爾幹部之一「朧月詠」的電腦神姬。她是出生時期比春風早很多的二號機（Code Beta），為了能夠參加ＳＳＲ，似乎接受了許多調整。因此，她當然也確實掌握住了遊戲內容。

然而，唯有一點除外──「與我互換身體這種衝擊性的發展」。

『這件事我真的是怎麼樣也無法接受耶……』

鈴夏就這樣不悅地鼓起臉頰，嘰哩呱啦地抱怨著。

『好不容易才盼到遊戲開始，結果突然間就被搶走了耶！就算我再怎麼寬宏大量，也是會覺得不開心啊。你要怎麼賠我啊，垂水。』

「不是啦，我也不想這樣啊。剛才不是已經跟妳說了嗎？」

『哼，是喔。原來你會去摸不喜歡的女生的胸部啊？』

「……我說啊，能不能別再拿這件事糗我了？我要哭了喔。」

聽到我的懇求，鈴夏看似愉悅地揚起嘴角，並吐了一下舌頭。

就在這種毫無重點的瞎聊之中——我一直在悄悄觀察著她的表情。

……這是怎麼一回事？

從開始對話到現在，鈴夏展現出來的都是近乎百分之百、很純粹的「喜悅」之情。撇除對我的不滿與惡言不看的話，那是毫無一絲雜質的超高昂情緒。她表示「一直很期盼遊戲開始」的時候看起來也很自然，應該不會是騙人的。

但是，這樣……會不會有點奇怪？

說起來，我之所以參加ＳＳＲ，是為了避免發生那張邀請函所暗示的「電腦神姬的處刑」。

既然鈴夏是「ＳＳＲ的ＧＭ所擁有的電腦神姬」的話，那她正是我打算救出來的人物。

然而，鈴夏似乎不忌諱這個遊戲。

她看起來並沒有像春風那樣被不安與恐懼壓垮。

若是如此，這又是為什麼？那張近似威脅的邀請函只是偽造出來的？還是說，鈴夏是在一無所知的情況下，單方面地遭到他人利用？

「…………嗯。」

我低聲沉吟著，並用右手摸後頸。如果鈴夏真的希望參加遊戲的話，那我能夠採取的最佳手段當然就是「撤出ＳＳＲ」。畢竟那樣一來，沒有任何人會因為我的參戰而得到好處。我還不如在家裡看漫畫——但是——

「該死……要是沒問那個問題就好了。」

問及名字時，她臉上浮現出的悲痛表情一直在我腦中揮之不去。

這或許只是微不足道的小事情，但鈴夏那種「無敵開朗」所崩毀的一瞬間，深深地烙印在我心中。唉，看樣子，這種煩悶的心情沒那麼簡單就能甩掉。因此，我只有一個選擇。

「——聽我說，鈴夏。」

『我不要。』

「能不能也讓我參加ＳＳＲ？」

『都已經先下手了，現在又無視人家說不願意，硬要人接受……垂水你真夠差勁的……』

「……好了，真的拜託妳。」

鈴夏開玩笑似的扭著身子，而我用較為正經的語氣這麼說道：

「一下子就好。用輪流遊玩這個說法妳聽得懂嗎？不是一直由我來登入遊戲，而是把妳的時間分一半給我就可以了。」

『不要，一半也滿久的耶。你是在裝什麼謙虛啊？……唉。聽著，我並不遲鈍喔，我看得出來你有什麼苦衷。可是……我也有不想退讓的事物。再說，這場交易對我來說根本沒好處，不是嗎？』

「這個嘛，其實是有好處的。」

『咦？』

我嚥下一口唾沫，靜靜地抬起頭，結果就直接對上那雙有點緊張地注視著我的紅眸……我猜，她應該正在期待著「什麼」吧。但我完全不清楚她的情況，實在不覺得自己有辦法迎合她的期待——

「在我遊玩SSR的期間，妳可以隨心所欲地享受我這邊的世界。」

『唔——————！』

「呃……妳懂我的意思嗎？就是說，並不是我單方面地使用妳的身體，畢竟是『互換身體』嘛。既然如此，雖然是模擬的方式，但妳也可以來到我這邊的世界。所以……不對，也沒有什麼所以就是了。」

鈴夏只是睜大了眼睛一語不發，於是我說到後來漸漸沒了底氣。當初春風因為這樣就感到很開心，所以我猜這麼說的話，鈴夏可能也會很開心……但從她的反應來看，似乎不太能接受這個提議。

「抱、抱歉。剛才講的妳就忘了吧。其他的好處……呃，我想想。」

『我要去。』

「……咦？」

『我說，我要去……不只是遊戲，連外面的世界都能享受對吧？嗯，這樣的交換條件還不錯。倒不如說，簡直太棒了！垂水，你很懂嘛！』

彷彿情緒高昂到破表一般，鈴夏的語尾急遽上揚。

她用食指指著畫面另一端的我——並且滿臉笑容這麼說道：

『把你一半的時間給我吧，這樣就行了。你先前的無禮之舉我可以一筆勾銷！』

她的表情極為愉悅，看起來像藏了滿肚子壞主意。

……我覺得自己可能有點過於輕率了。

#

經歷過ＲＯＣ那一次後，我就知道互換身體是非常麻煩的現象。

不能以自己的身分，而是被迫代替他人參加遊戲，置身於斯費爾的威脅之中。這一點自然不必說，不過，同時發生的「另一個問題」絕對也不小。

沒錯——登入遊戲期間，我完全沒辦法干涉垂水夕凪的身體。

沒辦法干涉。換句話說，就是「被篡位」。這會造成多大的影響，回想春風那次就一清二楚了吧。在ＲＯＣ和我互換身體的她，才用一天就顛覆了我的日常生活。當時只是互換身體的現象（這件事）碰巧往好的方向發展罷了，從鈴夏那個邪惡的笑容來看，絲毫不能保證這次也會一樣。

有鑑於此，我決定趁深夜先傳訊息給雪菜和春風。我對雪菜表示「我被捲入有點麻煩的事情裡，可能有一陣子會做出奇怪的舉動，妳別放在心上」，為她打預防針。至於春風那邊，我則大致說明包含ＳＳＲ概略在內的情況，也順便說一些「妳好好盯著鈴夏，別讓她失控」之類的話，將這類事情拜託給她。

本來的話，「這件事」可以交給更適合的「學姊」，但遺憾的是，我傳給她的訊息始終是未讀的狀態。因此，儘管有點不放心，我還是只能把鈴夏的事情託付給春風一人。

——就這樣來到隔天早上。秋分。

鈴夏今天將ＳＳＲ讓給我一整天，於是我和昨天一樣啟動登入應用程式，前往遊戲的世界。

登入後，我立即察覺到「異狀」。

「咦？」

像是要陷進去似的鬆軟床鋪、觸感舒服的上好床單，頭上則是白色的床幔。

……我看得出來是某間旅館。畢竟電腦神姬也無法不眠不休工作，找旅館休息是極其自然的行為——但是……

「也用不著住在這種看起來很貴的地方吧……」

我忍不住深深地嘆了一口氣。

這裡恐怕是位於貴族區、以富貴階層為對象的高級旅館吧。光是環視一下室內，就能感受到十足氣派。如果我現在不是美少女模式的話，在這樣的房間裡光是呼吸，甚至都是一種不懂分寸的行為。

我端麗的五官染上憂鬱，決定慢慢地起身。

「……嗯？」

就在此時，脖子一帶有微微的異樣感。

這是……什麼？「細繩」？還是「鎖鏈」？我雖不清楚材質，總之是某種細絲狀的東西纏住脖子一圈。我不由得垂下視線，當然就因為絕妙的角度而看到占滿整片視野的膚色——不對。

「這、這傢伙……竟然還戴了一條『閃亮到不行的項鍊』啊！」

我抽動著臉頰，叫醒左手腕的終端裝置。

二號機鈴夏。她身為電腦神姬的能力是「對電子機器的干涉效果」。換句話說，就是駭客的高級版。本來的話，並沒有準備連接ＳＳＲ與現實的通訊手段，但多虧這個能力，半是強硬地建立起相互之間的連結。

『——嗯？啊，垂水？怎麼啦？你登入還不到五分鐘耶。』

「還敢問我怎麼了？……我說啊，妳真的了解這個遊戲的規則吧？我們必須存ｐｔ才行耶。不管是使用技能還是買道具，全部都要用到ｐｔ。結果妳突然就亂花錢，會不會太扯了啊？」

『唔……什麼嘛，說我亂花錢未免也太難聽了。我對你真失望耶。』

「妳的意思是，花錢在這間旅館和項鍊完全沒有一丁點浪費嗎？」

『哼，這還用說嗎？像我這樣的身分是不可能住在廉價旅館的。更何況你不覺得那條項鍊超可愛的嗎！我看到的瞬間就被電到了呢。我覺得那個寶貝絕對是為了讓我戴在身上而誕生的！而且還附帶「解咒」的技能效果耶，要是不買反而還比較失禮吧！』

「…………唉……」

『嗯？垂水？噯，你在聽嗎？垂～水～？』

我一邊把鈴夏的聲音當耳邊風，一邊茫然地癱倒在床上，然後用死魚眼看向終端裝置的畫面。

我就這樣確認持有物品欄。項鍊——找到了。「解咒之印」。確實如鈴夏所說，具有解除詛咒型技能和道具的效果。但是，這又怎樣？遊戲才開始沒多久，詛咒並沒有來勢洶洶到需要當作明確目標來對付吧。

「……我順便問一下，妳花了多少？」

『價錢嗎？嗯～沒記錯的話，加上那邊的住宿費——包含泡澡費、按摩費、車馬費和飲食等各種費用在內——大概花了1000pt吧。』

「一千……？——哇，真的假的啊？只剩54pt了！」

聽到回答的金額高到遠超乎想像，我差點失去意識。

1000pt？這傢伙竟然花得這麼凶啊？不，這的確很令人吃驚，但「原本沒有這麼多pt」吧？昨天的遊戲開始時間是傍晚六點，到現在一共經過十二小時左右，累積pt是700再多一點。用這個數字加上初期值，並扣掉我用掉的部分……嗯，距離1000pt還是會差一點點才對。

對於我的困惑，鈴夏像是理解了什麼似的「啊」了一聲。

『你是在意pt不夠的部分吧？嗯，沒錯沒錯，因為還差一點點，所以我把你的劍賣掉嘍。反正跟我的新衣服又不搭，沒關係吧？』

「沒關係個頭啦————！」

受到太大的打擊，導致我不顧一切地發出不像美少女的怒吼聲。電話那端傳來「咿呀！」（用我的聲音）的尖叫聲，但我現在也沒有心力去緩和氣氛了。

「咦，什麼！這是怎樣！所以妳連唯一的武裝都賣掉，把自己搞到幾乎身無分文也要買這種項鍊嗎？妳是在騙我吧！」

『我沒騙你喔。垂水，好好面對現實吧。』

「妳沒有資格講我啦！是說，雖然剛才被妳輕描淡寫帶過去了，但妳『還買了衣服』不是嗎！為什麼啊！顏色和設計幾乎一模一樣，沒有買的必要吧！」

『啊。抱歉……不對，不是的。你誤會了。呃，那個……這是因為……』

「……嗯？」

我察覺到鈴夏的語氣弱了下來，便立刻停止追究。二秒、三秒過去，只有略帶紊亂的氣息傳入耳中……她是怎麼了？我原以為她會跟剛才一樣趾高氣昂地兩三句帶過，但為什麼只有講到「這件衣服的時候」會這樣……？

『唔……這、這又有什麼關係！』

彷彿要抹消我的疑問似的，原本支吾其詞的鈴夏，突然大聲了起來。

『我和垂水你不同，是個女孩子，當然會花心思在衣服上呀！』

「不是，或許妳講的也沒錯。但就因為這樣——」

『……夠、夠了！你從剛才開始到底是怎樣啦！你是不是誤解了什麼啊？』

「誤、誤解？」

我用有點不耐煩的口氣反問回去，但可愛的女孩子聲線還是很沒氣勢。

反過來看鈴夏那邊，如果是美少女就算了，她是用男生的——而且還是我自己的——聲音，以非常理所當然的口氣講出相當惹人不快的一番話。

『是啊。我的確答應和你互換身體。但是，我可不記得自己說過要協助你玩這個遊戲。我要用我的方式享受ＳＳＲ，也會利用你給我的時間在這邊的世界盡情玩樂。我才沒有時間在這邊跟你客氣呢！』

「喂，慢——」

不顧我的阻止，通訊就這樣無情地「嘟」了一聲，被切斷了。

我盯著擅自回到待機模式的終端裝置，茫然地屏息了一下子。

不知道ＧＭ的目的。

也不知道勇者的攻略方法。

到頭來，本該奪過來的電腦神姬，現在卻連對方的協助都完全得不到。

……在這種狀況下，我真的有辦法通關這個遊戲嗎？

#

由於一切都進行得很不順利，我的焦躁早已超越極限，但也不能坐以待斃。於是，我把早餐（包含在住宿費裡）吃個精光後，前往已經完全甦醒的早晨城市。

溫和地照耀著的秋日陽光。ＮＰＣ（人們）開始行動的氣息。

在喧囂之中，貴族區的氣氛依然帶著一絲優雅，我一邊用全身享受，一邊為了再次確認現狀，而決定從終端裝置連接到「公布欄」。

公布欄。

這是終端裝置的一部分功能，簡單來說，就是「能夠查詢所有玩家目前持有ｐｔ的功能」。由於不容作假，所以資訊本身很有幫助，打開一次的所需花費也才５０ｐｔ而已。今後應該也會頻繁利用吧。

不過……在鈴夏亂花錢之後，眼下也不能說「而已」就是了。

『公布欄：第二天早上七點四十二分現在。魔王：９。勇者：４８０。革命家：１５７０。處刑人：５９４。判官：７８０。追跡者：１２２２。神官：１００４。』

「嗯，原來如此。目前的情況是這樣啊。」

我微微瞇起眼，心想自己真的落後了。

接下來不管要做什麼，都必須先從存ｐｔ開始吧。雖然就算賺得再多，被鈴夏揮霍掉就沒意義了，但這部分只能多勸她幾次了。

「──賺ｐｔ喔。」

我將雙臂輕輕交抱在身前，在柔和芳香的包圍下自言自語了起來。

「要怎麼做呢？最快速的管道應該是打工吧。鈴夏說她把劍賣掉了……但也沒有其他東西可以賣了。」

「把妳的身體賣掉就好了。一定可以賣到好價錢的。」

「不，這不可能吧，就各方面來說。要是被不認識的大叔侵犯的話，會變成一輩子的陰影耶。」

「那我主動報名吧。我會讓妳非常舒服的，妳絕對不會後悔。」

「又不是這個問題。而且跟女孩子的話，老子的──呃，是說，咦？」

……我現在是在跟誰講話？

我一邊後悔自己沒即時反應過來，一邊用力將身體轉向左邊。別說是殺意了，連正常的氣息都不是，但無庸置疑有誰在──「來歷不明的某種東西」。

果然──站在那裡的是一名陌生少女。

淺水藍色的鮑伯短髮。

與其說是嬌小，不如說是相當纖細的身材。

淡漠且缺乏表情的臉龐，以及給人的第一印象是「無色」的眼眸。

「妳是誰……？」

聽到我這個極為理所當然的疑問，少女落落大方地點了點頭，然後用莫名平板的語調這麼答道：

「我是三辻小織。人稱——冰之女帝。」

「…………呃？冰之？」

「女帝。」

「哦，這樣啊……嗯。」

我不知道該怎麼吐嘈才好。要我老實說出內心想法的話，大概是這樣。

呃，女帝。冰之女帝。因為叫小織，所以是冰（註：小織與冰的日文發音相同）嗎？總感覺取名方式很隨便，但這件事本身怎樣都無所謂，反正綽號往往都是如此。而且堂堂正正地報上名字，情緒卻相當低落，也算是很符合冰之女帝這個外號。

不對——現在不是想這種事情的時候。

「妳有何貴幹啊，女帝？」

我往前踏出一大步，靜靜地瞪著她。

這傢伙……這個少女顯然與其他NPC不同性質。她的左手腕有發光的終端裝置，是SSR的正式參加者。此外，既然這個遊戲的屬性是大亂鬥，那就幾乎不可能基於戰鬥以外的理由接近其他玩家。

不妙──不妙、不妙。我腦中從剛才開始就一直是警鈴大作的狀態。

該如何擺脫這個局面？率先浮現於腦海的是「逃跑」，但遺憾的是，我現在連能夠使用「增速」的pt都沒有。話是這麼說，我也沒有武器，正面進行PVP只是單純的自殺行為罷了。這也不能納入選項。

──我「呼」了一下，誇張地吐出一口氣，讓思緒冷靜下來。

還沒完。還有一個能夠為現狀打出破口的手段。雖然因為有點粗暴，我實在不太想採用這種手段，但事已至此，也沒有我抱怨的餘地──

「等一下。」

然而……

等我發現的時候，我的手正準備在光天化日之下脫掉衣服，使用「收藏」後賣掉換算成pt，而三辻白皙的手用力地抓住我的手臂，阻止後續動作。

「不用急躁。我並沒有跟妳戰鬥的意思。」

「……咦？這沒辦法相信耶。而且就算妳說不要戰鬥，也不代表老子——我沒有這個意思吧？」

「妳不會的。看這個。」

三辻對我的挑釁毫無反應，只是淡然地操作終端裝置。

接著，她將某個畫面——我還以為她要把「玩家資訊的頁面投影展開」，結果她猛然把畫面湊到我面前。

「…………幹嘛？」

這個頁面記載著持有物品、職業等幾乎所有個人資訊。一般來說，沒人會讓其他玩家看到這個畫面。對於她太過突然的舉動，我心中的疑問愈來愈大，但她就是不斷把終端裝置往我頂過來，似乎不把我的反應放在心上。

「…………」

總之，三辻把終端裝置壓在我的臉頰上的話，我也看不了，於是我盡可能不作他想地抓住她的手臂推回去，與她保持適當的距離。

「嗯？為什麼推開？」

「已經看夠了，也知道妳想表達的意思……原來妳是『神官』啊。」

不知是否出於心理因素，三辻看似滿意地點點頭。

「神官」——沒錯，她的終端裝置上記載的職業名稱是神官。而且，神官這個職業，「光是知道這一點，就足以說明她接近我的理由」。

畢竟，神官是全部七個職業裡「最容易被盯上」的一個。

革命家和處刑人的勝利條件是神官退出遊戲。神官只要生存，判官就有獲勝的可能性（風險）。此外，「換日時，有三名以上持有５００ｐｔ的玩家」就是神官的勝利條件，只要是想盡快存ｐｔ的參加者都會疏離這個職業。這樣的處境（角色）相當不利。

但反過來看，在性質上，襲擊其他玩家也沒什麼好處……簡單來說，這個職業也可以是「暫時結盟的不錯選擇」。

事實上，魔王打倒神官幾乎沒有好處。雖然奪取ｐｔ當然是有效的，但相對會導致革命家和處刑人離勝利更近，這樣風險太高。至少要等掌握住判官的動向後再說。最起碼不是這麼早就要斷絕關係的職業。

不過，我倒是有一件很在意的事情就是了——

「可以一起作戰嗎？」

彷彿要打斷我的思緒一般，那對摸不透想法的無色眼眸動也不動地窺視著我。雖然在意思上不同於春風，但她也是很容易接近別人的少女。我猜，應該是因為毫不在意，才會這樣沒有警戒

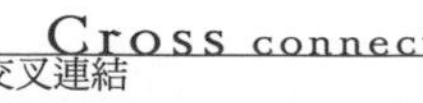

心。

嗯…………這個嘛……

#

就結論而言，我決定答應三辻的合作要求。

我並不是沒有警戒心。畢竟直到最近為止，我對人類抱持的不信任心態是以年為單位的。現在遇到初次見面的對象，心中還是會優先冒出「這傢伙是否會危害到我？」這種命題。

然而，我之所以點頭答應，是因為我實在無法從她身上感覺到「敵意」……以及單純的戰力問題。老實說，以現在的ｐｔ來看，倒不如說我比較需要仰賴三辻的協助。

從這方面而言，她主動接近我的時機可以說來得正好。

「——話說回來……」

我向快步往前走的三辻搭話。

她察覺到我在跟她說話後，才轉回來微微地偏過頭。

「怎麼了？」

「沒什麼，只是覺得妳竟然會知道那種『打工』啊。明明遊戲才開始一天而已。」

「喔。」

儘管我算是在誇獎她，但她還是老樣子平板地應了一聲。

所謂的打工，是她剛才提出的賺ｐｔ方法。我們的方針都是「總之先賺ｐｔ」，所以她就順勢提議了。她說是鐘塔的修理作業之類的……總覺得很聳人聽聞。

「我昨天看了很多招募傳單，感覺這個是最好的。」

三辻簡短答完後，便轉向了前方。我再次從背後望著她的身影。

……她果然是個很嬌小的少女。身高比現在的我還要矮。儘管面無表情，但與純真可愛的容貌相互作用之下，讓她看起來稚嫩到說是國中生也不會令人感到奇怪。

而打扮方面，她穿著薄薄的襯衫和短褲，非常隨性。與其說是休閒或男孩子氣，真要大膽形容的話，就是很類似「偽娘」的服裝。藏在褲子下面的大腿一反那臉沉靜的表情，看起來既耀眼又健康。

——此時，被偏短的襪子包起來的那雙腳，忽然停下了腳步。

「到了。」

聽到那平淡的嗓音，我便抬起視線……抬高，再抬高，不管怎麼仰望天空，還是無法看清其「全貌」。這也難怪，畢竟是ＳＳＲ世界最高的塔，彷彿直通天際的雄姿是其傲人之處。

那座甚至高聳入雲的建築物——正是ＳＳＲ的中樞——鐘塔。

我們找在入口附近值勤的作業員說話後，似乎已經有交代過了，我們就這樣被帶往上層。

不過，這裡並沒有電梯這種時髦東西，當然是徒步走上去。這段路走得滿辛苦的，兩個人的吁吁喘息重疊在一起。男作業員大概是注意到這種情緒落差，便在途中告訴我們這樣的事情。

——據他所說……

雖然這棟建築物稱為「鐘塔」，但也具備瞭望臺的功能。爬上距離地面數十甚至破百公尺的高度之後，就會看到類似露臺的地方，據說從這裡可以俯瞰整個城市。

然後位於瞭望臺上方的，則是這棟建築物被稱為鐘塔的由來——木造大時鐘。

塔的頂端四面安裝著巨大的文字盤。按照男作業員的說法，ＳＳＲ裡的所有時鐘都是以「此」為基準來設定時間。也就是說，這並不是什麼誇飾法，正是那個時鐘完全控制住ＳＳＲ的時間。

「反正呢，說了這麼多，總之就是這個時鐘厲害到不行的意思啦！」

……嗯。的確，內容概略來說就是這樣。

也由於男人講了很久，當我察覺到的時候，已經抵達瞭望臺了。戴著白色安全帽的他回過神說了聲「啊，對了」，然後像是現在才想起來似的，開始說明「打工」。

「最重要的工作內容……對對對，就是搬運作業。之前有一道雷從天而降，造成其中一個大

時鐘壞掉了。雖然停了一個不會影響到時間管制（系統）啦，但畢竟時鐘管理員很傷腦筋嘛。我們想盡快把它修好。」

白安全帽作業員張開雙手，看似高興地補了一句：「這邊就是妳們上場的時候啦。」接著，他指向設置在瞭望臺一角的類似帳篷的東西。

「建材和作業道具都在那邊了。上面還滿窄的，所以才會把東西放在這裡，有需要的時候再把必要的東西拿上去。妳們的工作就是聽從上面的指示，每次都要下來這裡把要求的東西拿到上面。基本上就是不斷重複這個過程。雖然是按件計酬，但只要妳們夠努力的話，要賺到１０００ｐｔ也不是夢想喔！」

「！呵呵……一千點。」

聽到男人口中的數字，直到剛才都面無表情一語不發的三辻終於揚起了嘴角……原來如此，特地選這種類似體力活的工作就是為了這個理由嗎？儘管感覺很累人，但幾個小時就能賺到四位數的ｐｔ確實很吸引人。

「那麼，總之就開始工作吧。」

完成任務後，ＮＰＣ（大叔）往樓下走去，而我一邊目送著他的背影，一邊朝旁邊的三辻出聲。於是，她表情不變地點了點頭，立刻在眼前的帳篷物色了起來。

接著……不知怎的，她沒過幾秒就回頭叫我。

「鈴夏。」

「咦？——啊，嗯。老子就叫鈴夏。」

「鈴夏，原來妳是用老子自稱啊。鈴夏好帥，帥鈴夏。」

「……抱歉，給我忘掉剛才那句。不對——咳。請妳忘掉剛才那句，可以吧？」

「要忘掉很難，因為我對記憶力很有自信……總之，妳過來一下。」

她用平板的語調這麼說著，並朝我招了招手。

在她的引導下，我探頭看往帳篷的內部。這個帳篷和其他不一樣，入口可以遮掩起來，內部有點暗。話雖如此，只是有一點罷了，還不至於無法辨識裡面的模樣，所以想當然的，「那東西」也清楚映入我的眼中。

那是布料光滑的白上衣，以及帶給人活潑印象的深紅色短褲。

也就是——「運動服」。

「太好了。」

三辻不理會有點張口結舌的我，一邊用雙手抓起運動服，一邊吐露簡單的感想。

「應該是要我們在這裡換衣服吧。這樣就不會弄髒衣服了，我覺得很好。」

「等……等一下，三辻。妳打算穿這個嗎？」

「穿啊。怎麼了？」

「什麼怎麼了……」

這還需要解釋嗎？

健全的男高中生大概有兩三成都是用色色的眼光在看女生運動服，要是在課堂以外的日常場合看到更是如此，再說三辻（雖然沒有胸部）又超可愛的——理由非常多，但總之就是不行。

「？我不懂。」

三辻華麗地忽略我糾結的內心，微微地偏過頭。而且還不只如此——

「呃！妳、妳給我等一下，三辻！」

「幹嘛？」

「妳剛才——沒有任何猶豫就打算脫衣服啊？」

「……這有什麼問題嗎？」

三辻用那雙始終淡然的透明眼眸看我，並如此反問著。

她的手已經放在襯衫上了，耀眼的肚子露到了肚臍的部分，純真的臉龐上毫無一絲惡意。看到這裡，我終於想起一件事——沒錯，「我現在跟鈴夏互換了身體」。

換句話說，以客觀的角度來看，這裡只有「兩個女孩子」……！

大概是因為這樣，三辻別說害羞了，她反而一臉疑惑地繼續說道：

「鈴夏妳好奇怪。我們都是女孩子，這樣很正常。而且不換的話，衣服會因為流汗而黏答答

的喔。」

「是、是啊……哎，確實是這樣沒錯啦……咳咳。那麼，老子——我先到外頭去，妳就繼續換衣服。我們輪流使用這個帳篷吧。」

「嗯？輪流的話，就沒問題了嗎？」

「我想是吧。雖然偷窺確實是很不光采的行為，但只要避開這一點的話，完全——」

……嗯？

不，等一下。我在說什麼啊？問題還是有的吧，而且超級大的。畢竟一個人換衣服的話，就表示我等一下必須獨自待在這個帳篷裡，目不轉睛地看著只剩下內衣的鈴夏的身體。不妙，真的不妙。沒辦法好好正視自己的身體到底是什麼狀況！

我無法掩飾臉頰溫度急速上升，迷失在思緒的迷宮裡，不停兜著圈子——就在此時……

「嘿。」

也許是感到實在很麻煩，於是三辻小織「不帶一絲猶豫，迅速脫掉了襯衫」。

「喂……！」

我反射性地移開目光。但是……沒用。只不過是匆匆一瞥的影像，那符合形象的樸素內衣就鮮明地烙印在我的視網膜上了。雖然我努力地試圖抹消掉，但隨之又響起脫掉短褲的沙沙聲——慢著！

「哎，真是的，妳給我穿上衣服啦！」

這是在搞什麼！妳是怎樣！竟然不是先換上衣，而是一次把全部的衣服都脫掉，會不會太色情了點啊混帳！

我將視線用力從半裸的三辻身上移開，飛也似的衝出帳篷。接著，我就這樣趁勢摸上終端裝置的表面，用粗魯的動作叫出通話功能，拚命地不斷點擊位於歷史紀錄最上方的名字。

還沒響超過三聲，對方就接起來了。

『喂？這次又要幹嘛啊，垂水？我現在正忙著「用」你的朋友雪菜——咳咳。忙著「跟」雪菜玩耶。』

「…………」

我聽到了有點危險的台詞，而且在她背後氣喘吁吁的確實是雪菜沒錯，但現在（因為很麻煩）就不追問了。果然只靠春風是壓制不住她的。雪菜抱歉了。

『垂水？……嗳，你有在聽嗎，垂水？唔，如果要講衣服的事，我是不會道歉的喔。』

「哦，不是啦，我沒要講那個。關於『衣服的事情』，反而是我該道歉……那個啊，我有一件事想問妳，要是我弄髒這件衣服的話，妳會生氣嗎？」

『什……什麼意思啊？你想說什麼？』

鈴夏略顯困惑地反問回來，於是我大致說明了一下情況。與其說是說明，不如說重點在於跟

她商量能否穿這件衣服打工。只要能得到鈴夏的同意，我根本沒必要演出脫衣舞。

然而，鈴夏的反應並不如預期。

『唔，我不想要弄髒耶。』

「我說妳啊，能不能別再用我的聲線發出『唔』的聲音了？妳知道很煩嗎？……不對，我是說，我之後會好好洗乾淨的。這樣也不行嗎？」

『不行。我本來就不准你碰我的衣服了！嗯……是說，對了。』

鈴夏說到這裡頓住，然後驟然一變，聲音裡混入些許喜悅，繼續說道：

『依你所說，你那邊還有另一個女孩子對吧？哼哼，我想到好點子了。你能不能把那個女孩子叫過來？』

「什、什麼？妳要幹嘛啊？」

『別問了！快點！』

「真是的……知道了啦。」

對於一如既往地大耍任性的鈴夏，我一邊嘆著氣，一邊轉向帳篷。結果三辻正好也換完衣服走了出來。

運動服胸部處略為隆起，我的視線微微從那邊移開，朝她說道：

「三辻，能過來一下嗎？其實鈴夏——不對，是昨天認識的ＮＰＣ有事情要跟妳說。」

「？一下的話無妨。」

三辻點了點頭。

得到同意後，我調整終端裝置的設定，讓三辻也能聽到鈴夏的聲音。

『ＯＫ，很完美。好的，那垂水你閉上眼睛。

然後——妳叫做三辻吧？哼哼，聽了妳肯定會嚇一跳。妳呢，「現在要幫眼前這個超絕可愛的女孩子做造型」喔！放心放心，照我說的做，一點也不難。來，伸出妳的手～脫掉～』

「嘿。嘿。」

「——給我等一下啦！」

我對著從終端裝置播出來的聲音，以及乖乖照做的三辻發出怒吼。但我還是有閉著眼睛的，因為被迅速剝掉衣服，導致我想睜眼也沒辦法。

鈴夏用不開心的語氣反駁我。

『垂水你是怎樣？這麼做就不會有任何人受傷呀。你是對哪裡不滿啦？』

「會受傷啊，主要是我的自尊和門面都被狠狠中傷了啦！我豈止是不滿，根本羞恥得要命，而且三辻一定也很討厭這種——」

「我不討厭喔。」

「妳竟然持反對意見啊！」

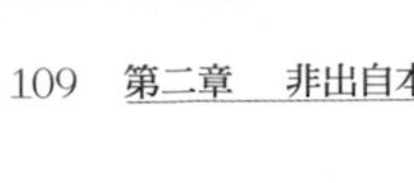

「我覺得沒什麼，所以妳別亂動……不然很難脫。」

「呃——」

我感覺到三辻的聲音特別近，便立刻停止了呼吸。與此同時，一股溫和香味輕柔地包覆住全身上下……應該是站在我面前的三辻，把手繞到我的背後摸索著吧。為了把我的衣服脫下來。而且穿著運動服。

吹拂到臉上的氣息。

彷彿要壓上來的體溫及呼吸聲。

以及，衣服很快地被脫掉後，逐漸失去防備的不安感。然而，按在背上的手卻令人感覺到一絲安心——

『……這、這樣好像還比較羞恥一點呢。』

——我說啊，鈴夏。

這世上有些事情是只能放在心裡，不能說出來的。

#

「——鈴夏，妳察覺到了嗎？」

儘管換衣服的時候發生不少爭執，但之後還是正常工作了五個多小時。我踩著毫無輕盈感的步伐下樓梯時，三辻就在耳邊悄聲這麼說道。

為了散掉悶在身體裡的熱度，我拉著運動服的胸口處搧風——順便補充，從上方窺視的角度會讓這個動作變得非常煽情——並偏過頭反問回去。

「察覺到什麼啊？」

「……鈴夏真是遲鈍。木頭腦袋。笨蛋。傻瓜。色鬼。」

「不是吧，雖然我不知道為什麼，但有必要說到這個地步嗎……」

「不，這是很恰當的評價。因為——我們『被跟了』。」

「呃——」

聽到這耳語般的聲音，我全身緊繃了起來……被跟了？

「……從什麼時候開始的？妳知道對方是誰嗎？」

反問的同時，我的思緒也高速運轉著。基於ＳＳＲ的遊戲系統，遭到其他人襲擊也沒什麼好奇怪的，但以對手而言的話，應該還是來歷不明的「勇者」最有可能吧。到目前為止，只有那個「影子」對我抱有明確的殺人動機。

「不，我不知道是誰。」

三辻就這樣面無表情地搖了搖頭。

「但我知道時間。大概跟了好幾個小時了。」

「怎……怎麼會？這不可能。畢竟我——我們一直在同一個地方走來走去啊。要是躲在哪邊的話，應該會被發現才對。再說，如果是準備偷襲就算了，光是在旁邊監視好幾個小時有什麼意義——」

「『有的』……有個人就算只是在旁邊監視，依然有其意義。」

聽到這句意味深長的話，我慢慢地將右手伸向後頸。只是監視就有意義？並非尋找下手的時機，而是單純地跟在後面，亦即尾隨。如果尾隨這個字眼不夠精確的話，也可以說是跟蹤或追跡……「追跡」？

對了，確實有這麼一號人物。

有個職業的勝利條件很特殊，不需要攻擊其他參加者，反而必須讓對方活著，並且潛伏在極近的距離之下——沒錯。

「『追跡者』！」

「————哎呀，被發現啦。」

「咚」地響起輕盈的落地聲，光是如此就讓情景倏然一變。

本應是無人無物的空間，出現了「一名少女」，彷彿海市蜃樓乍現後，就這樣化虛為實。

從各方面來看，她都是個令人印象深刻的女孩子。黑色長髮加上一綹紅色的羽毛剪髮尾，身上穿的不知是否該說是龐克系服裝，輕飄飄且低調的黑白樣式，極具搖滾風格。但另一方面，她還把一隻巨大的熊娃娃緊抱在胸前。

她嘻嘻一笑，看起來既像天真無邪又似病態，然後在我們面前輕輕提起裙襬。

「初次見面，兩位姊姊。莉奈的名字叫做莉奈，如妳們推測是追跡者，請多指教喲♪」

「…………」

她的嗓音甜到會縈繞在腦中。可愛歸可愛，但真要說的話，第一印象會覺得她充滿了心機。與此同時，我也對她抱有「似曾相識」的感覺。這是為什麼呢？明明是初次見面，但我好像認識某個氣質和她類似的人物。比方說，在上次的地下遊戲還是哪裡……不對，現在不是想這種事情的時候吧。

追跡者踩著喀喀的腳步聲，朝我們走近。

我凝神觀察她的樣貌，便發現了一件事。她的陰暗眼眸完全沒有在看我。那黏著的視線只看著一人——三辻小織。

「啊哈！果然呀，果然是這樣……♪噯噯，姊姊妳叫做三辻小織吧？」

「是啊。」

「『冰之女帝』、『不敗戰姬』，在地下遊戲的綜合成績為歷屆第二高，是個超強天才玩家……啊哈！錯不了的吧？妳一定非常非～常厲害吧？」

「…………」

儘管追跡者以挑釁般的語氣煽動，三辻依然文風不動地靜靜回看她。

面對這樣的三辻，她臉上的駭人笑容更是大幅度地扭曲起來。

「嘻嘻，嘻嘻嘻……！對對對！那種事情根本根～本一點都不重要！真不愧是小織姊姊呢。沒錯，重要的事情只有一件，就那麼一件。聽好嘍，莉奈呀——超～～級討厭小織姊姊的♪」

她的語調聽起來雀躍愉快，但眼神和說出口的話則相反，有如銳利刀刃一般，完全不帶一絲說笑的含義。接著，那甜美的低語聲(詛咒)進一步說道：

「莉奈看妳超～不順眼的。想知道原因嗎？啊哈！姊姊自己應該知道吧？……沒錯，就是因為『十六夜哥哥很喜歡妳』喲。」

「呃！」

突然冒出預料之外的名字，我不由得差點嗆到。

不過……這麼說來，確實有一種可以理解的感覺。嗯，原來如此，那兩人是很像沒錯。她和那個十六夜弧月有一些相似之處。不管是色調、服裝、氣質抑或總是蘊含笑意的扭曲表情，全都讓我聯想到那個變態戰鬥狂。

看來這並不是巧合——而是因為她就是十六夜的信徒吧。

「十六夜哥哥♪莉奈最喜歡最喜歡、只屬於莉奈的哥哥♪」

追跡者仍然重複著十六夜的名字，語調有一半像是在唱歌……該怎麼說好呢，看到這幅景象會令人有一點不安。十六夜那傢伙，該不會每次參加地下遊戲都會量產出這一類的麻煩吧？記得他在ROC的時候應該是跟另一個女孩子在一起，那傢伙的人際關係到底是怎樣？

「不過——」

追跡者輕輕拍著熊娃娃的頭，臉色忽然黯淡了下來。

「妳知道吧？十六夜哥哥喜歡強者。他只對強者感興趣。」

「…………」

我知道。十六夜弧月就是這種傢伙。他是個執著於追求強者的瘋子，甚至可以說這一點就占了人物介紹的八成五。

「所以呢——」追跡者一邊嗤笑著，一邊往前踏了一步。

「莉奈很討厭妳。只要是十六夜哥哥喜歡的人，莉奈全～部都最討厭了！……啊哈！說真的，莉奈完全沒有理由跟兩位姊姊打鬥，畢竟莉奈是追跡者嘛。可是呀，人家『忍不住』了。看著小織姊姊後，莉奈就覺得自制力和SSR進度之類的一切，全都無所謂了！所以呀，小織姊姊聽著，妳差不多做好心理準備了吧？莉奈絕對絕～對……會『殺了妳』喲♪」

「……是喔。」

三辻小織與「追跡者」在極近的距離下對峙著。

發狂的笑容與平靜無波的表情相互碰撞——不久即引爆戰火。

「——『不可視的征服』。」

追跡者率先陶醉地喊道。隨著這句發言，她嬌小的身體連同熊娃娃一起逐漸融進空氣之中。短短幾秒便完全看不見她的身影。

可以感覺到空氣微微扭曲……她剛才是說「不可視的征服」嗎？雖然我還不曉得確切的效果，但從追跡者的職業特性來看，恐怕是潛伏型的技能吧。她一定還在「那裡」。帶著淺笑窺伺絕佳的時機。

「…………」

然而，儘管對手鬥志高昂地來勢洶洶，三辻還是一動都不動。她就這樣呆呆地望著虛空，彷彿毫無危機意識。與其說游刃有餘，她這種反應已經該歸類在「毫不在意」——就在此時——

「『增速』！」

潛伏狀態的追跡者猛喝一聲，宣告自己發動了加速技能。

同時間，一道轟然巨響在塔的內部迴盪——這是什麼？「不可視的征服」應該不是會伴隨這種轟鳴的技能。既然如此，難道是追跡者拿出了「巨大的武器」嗎？然後用力揮動起那把武器，打算消滅掉至今還呆立在原地的三辻……！

「——嘖！」

在眼前的空氣柔軟地扭曲碎裂的剎那——我猛然放下原本摸著後頸的右手，碰觸左手腕的終端裝置。接著，我以流暢的動作啟動共通加速技能「增速」，然後依靠暴漲的敏捷值蹬地而起，從旁邊撲向三辻。

「咦……？」

轟鳴、衝擊，而後一片寂靜……幾秒後，我戰戰兢兢地回頭一看，便見到不久前我和三辻站的地方滿目瘡痍。理應由堅固的磚塊做成的牆壁、地板和樓梯都喀啦喀啦地崩落而下。

「……啊哈。妳幹嘛妨礙莉奈呢，這位姊姊？」

然後——她的身影悠然飄出。

如同一開始出現的時候，追跡者彷彿從空氣中滲出似的輕鬆現身。

「真是的，姊姊好過分喲。妳聽好嘍，莉奈呀，最最最~討厭被別人妨礙了喔。姊姊妳真的知道這一點嗎？」

「……誰知道啊。我才剛認識妳而已，不可能知道這種事情吧。」

「哼~姊姊很愛頂嘴耶。莉奈覺得這樣不好喔。」

於是，她就這樣扭曲著嘴角，瞇起那雙像貓的眼睛……衝了過來。

「——去死吧！」

壓倒性的超加速。追跡者旋轉著原本抱在胸前的熊娃娃，並順勢揮動雙手橫掃而出。伴隨荒

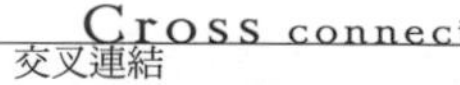

唐的衝擊聲，壁面受到熊娃娃的直接轟炸，輕易地翻起飛散，瞬間形成了一座瓦礫山。

「呃……！」

看到身為破壞根源的武器「真面目」後，我的臉頰微微抽動著——儘管如此，我還是扭轉身體，成功躲開了第一道攻擊……嗯，確實是很不得了的威力，但如果只是這樣的話，短時間內應該都能持續躲過攻勢。至少沒有跟勇者那次一樣絕望。

然而，這時候——

「鈴夏礙事。走開。」

「咦？呃，哇啊！」

這次，我的身體「反而被三辻撞開了」。

我的理解跟不上這出乎意料的發展，而三辻也不理會我，逕自迅速地擺出迎敵的架式。緊接著襲來的第二擊——她同時使用「增速」與「力量」，配合攻擊的時機，往「上方」跳起。熊娃娃挾著轟鳴經過她的腳邊，擊中牆壁後，開出一個巨大的洞。

「啊哈！妳終於認真起來了呀……姊姊♪」

對於三辻的參戰，追跡者無比心醉地扭曲著臉龐。

但是——她的表情很快就籠罩上一層陰影。

「…………咦？」

這也沒什麼好意外的。因為，這幅情景顯然很不對勁。

雖然三辻用跳躍躲過了追跡者的攻擊，但不知何故，她就這樣「停在空中而未降落」——接著竟然「在空中轉換方向」，隨即朝追跡者的肩頭狠狠地使出一記腳跟下踢。從物理學角度來看，這是不可能做到的事情。

但「這件事」確實發生在現實之中了。

「啊，唔！」

爆擊。太過強烈的衝擊讓追跡者發出呻吟聲，手上的熊娃娃滑落到地上。然而，三辻的攻擊還沒結束。她依然飄在空中，然後繞到追跡者背後，從綁在大腿上的皮帶裡抽出短劍，直指著她的脖子。

「……要死？還是逃走？」

到這裡為止的所需時間——不過數秒。

如此神乎其技，與其說令人讚嘆，不如說令人目瞪口呆。

「…………可……惡！」

三辻仍是一臉冷淡，而追跡者的表情則是狂怒與恥辱各半，並咬住了下唇。但是，那種事情對我來說根本不重要。近距離見識到「冰之女帝」的遊戲天分，我深受震撼，只能瞪大眼睛看著。

這傢伙——剛才「買下了重力」。

細節部分就要靠推測了……不過我猜，三辻把作用在身上的重力買下來，然後「收藏」在持有物品欄裡，藉此創造出暫時性的「無重力狀態」。接著，她一邊任意「展開」得到的重力，一邊活用推動力，實現「模擬空中懸浮」。

她並不是使用了什麼特別的技能。

也沒有使用難以獲取的稀有道具。

「（『pt可以購買任何東西』——她只是加以應用這個遊戲設計而已。不過，這太扯了吧？那傢伙在剛才的戰鬥中立刻就……不對，就算她很早之前就想到這個方法，但遊戲才開始一天而已，就能構思出這種戰術嗎？）」

我嚥下唾沫，重新看向三辻的側臉。儘管那張臉毫無表情又感覺不到氣勢——但確實很強。

難怪會吸引到十六夜的注意。

「（話說回來……pt連重力這種『沒有實體的東西』都能買啊？不僅可以用來賄賂他人增強戰力，也有如此狡猾的使用方法……那其他呢？還有什麼是可以買的？好好想想吧，這很重要。連看不見的東西、概念性的事物都能當作道具……沒錯，我也可以，比如說……）」

比如說——雖然我還沒想到，但感覺好像得到了一點「靈感」。

三辻不管還在思考的我，略為晃動手上的短劍，繼續說道：

「怎麼了？快選。」

「唔！……知、知道了。莉奈會消失，消失就行了吧！」

三辻以類似威脅（其實就是威脅吧）的口吻催促著，於是追跡者終於屈服了。她撿起掉在地上的熊娃娃，就這樣迅速地奔下樓梯。

在隔開一定的距離後，她忽然回過頭。

「──啊哈，莉奈生氣了。ＳＳＲ絕對絕對絕～對會由莉奈第一個通關！好好期待輸給莉奈的那一天吧，姊姊們♪」

「……咦？」

完全不干我的事吧──雖然我想要這麼反駁，但剛才那番話似乎是所謂的臨走前撂狠話，我什麼都還來不及說，追跡者就失去蹤影了。

我微微嘆了口氣。總之先向旁邊的三辻道謝。

「呃，那個，謝啦，三辻。老實說妳真的幫大忙了。」

「…………」

她什麼也沒回答。取而代之的，是目不轉睛地注視著我的眼眸，靜靜地思索著什麼。整整幾十秒過後──她終於啟唇說道：

「妳……」

「咦？」

「……不，沒什麼。還有，不用向我道謝。因為我們現在是合作關係。」

結果她只說了這些就背過身去。

我不太懂她葫蘆裡賣什麼藥，一邊目送著她的背影，一邊獨自撓了撓後頸。

——啊，對了，說個題外話。

聽說追跡者大肆破壞建築物後所需的修繕費，把我的打工薪水全都抵銷掉了。

#

「……嗯？」

修理鐘塔的打工結束後，我立刻登出，然後無所事事地度過晚餐前的時間，但就在這時候，我聽到房間外傳來「噠噠噠噠」的激烈聲響。

這噪音聽起來很像有小偷闖入，會令人忍不住戒備起來，但不巧的是，這是垂水家常有的事，所以我連嘆氣都省了。不久後，如同預料的景象在視野邊緣發生了。

「——阿凪～～～！我說你啊！」

啪嗒！門被用力地打開，只見我的青梅竹馬雪菜帶著憤怒的神色，毫不客氣地步步逼近。她來到這個房間時的情緒從高到低各不相同，但爆氣上門理論時通常都是這個表情。

因此，我也擺出一副極為無所謂的模樣，一手拿著漫畫回道：

「喂，發生什麼事了啊？妳不久前還是個好端端的人類啊。」

「欸，幹嘛說得好像我現在看起來不像人啦！不管怎麼看，我都是可愛討喜的人型青梅竹馬雪菜小姐啊！」

「竟然變成這副德性……我其實還滿震驚的……」

「咦？咦？怎樣？我在你眼中是什麼模樣？異形怪物之類的嗎？再……再說阿凪，要是我變成那樣的話，你好歹該擔心——」

「真沒想到主角會變成木桶呢。」

「原來在講漫畫啊！搞什麼啦，阿凪還敢耍我！」

雪菜在吁吁喘著氣的同時，還用盡全力吐嘈我……什麼原來在講漫畫，我打從一開始就只有在提漫畫的劇情。

「真是的……所以呢？妳來幹嘛？應該是有事情找我吧？」

「咦？啊，對……呃，是什麼事呢？」

「……那再見。」

「呃，不是啦，不是這樣！都怪你老開玩笑才害我忘記——不對！」

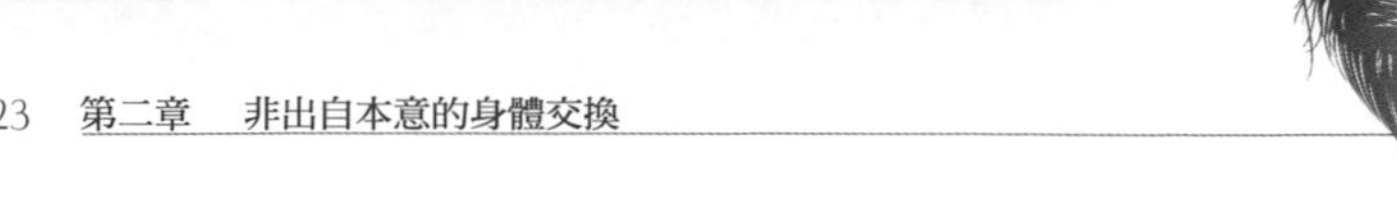

雪菜原本極其自然地坐在我的床上，結果忽然像是想起什麼似的站起身。接著，她微微紅著臉，猛地將臉湊近我。

清爽的香味輕柔地掠過鼻間。

「阿凪你啊，昨天晚上有說過吧？什麼『今後可能會發生很多奇怪的事情，希望妳可以忍耐一下』之類的。」

「哦，對啊。」

我確實說過。參加ＳＳＲ一事——說得更直接一點，就是「我和鈴夏互換身體」很有可能會給周遭帶來麻煩。但是，我不能將互換身體的事情詳細解釋給雪菜聽，只能含糊其詞地蒙混過去。

「……話說，啊。」

回想到這裡，我突然想起在鐘塔和鈴夏通訊時的事情。

對了……說起來，鈴夏那傢伙第一天就立刻把雪菜捲進來大鬧一番。從終端裝置另一端傳來的聲音來推測的話，反正一定不會是什麼好事情。看來只能乖乖聽她說教了。

「嗯，然後呀。」

當我在內心下定如此決心的時候，雪菜就說了這句話，然後清清嗓子。不知是否是心理作用，那雙紅褐色的眼眸彷彿發熱似的濕潤了起來。

「我懂的。我知道那應該屬於『奇怪的事情』的一部分，如果阿凪不想說的話，我也不會問。所以，沒關係。我會忍耐。」

「嗯……抱歉。」

「不用道歉。按阿凪的個性，一定是顧慮到我的心情吧……可、可是呢。」

雪菜才剛露出略為羞澀的模樣，隨即又從我身上移開視線……是在幹嘛？

「……那樣，實在有點……」

「咦？」

「唔～～～！所以說！」

我完全沒聽清楚雪菜嘰嘰咕咕的說話聲，於是把頭傾過去，而雪菜就發出難以形容的呻吟聲，然後用唰地通紅的臉龐看著我。

接著——在彼此的鼻子幾乎要碰到的距離下，她尖叫似的喊道：

「告、告白這種行為！真的不能亂做！」

「……啊？」

我忍不住發出呆傻的聲音反問回去。

雪菜也許因為這樣而自暴自棄了起來，她索性用半抓狂的語氣繼續譴責：

「哎，受不了，阿凪這個笨蛋！你到底是怎樣啦，一大早和春風一起來我家，結果就突然用力抓住我的手臂！雖然我搞不懂你在開心什麼，但你一整天都在耍著我們玩耶！不、不僅如此，在最後一刻還那樣……那樣……」

「那……那樣？」

「……壁咚後說什麼『我愛妳』之類的…………太賊了。」

「──────」

聽到這裡，我的思緒完全停止了。雪菜害羞到感覺頭上冒出了熱氣，我愣愣地看著她，自己也彷彿燃燒殆盡似的沉默下來……咦？那是在說我嗎？我一整天都拖著雪菜跑來跑去，最後還告白了？說我喜歡她？

「「…………」」

我們這對青梅竹馬在極近距離下互看一陣子，彼此都講不出下一句話。

率先恢復過來的是雪菜。

「唔……我、我知道啦。剛才也說過了，我心裡明白的。那就是『奇怪的事情』對吧？今天的事情對阿凪來說是個錯誤……或者說類似意外吧？」

雪菜說著，並嘟起嘴巴，偷偷地抬眸看我。錯誤或意外之類的說法……實際上是這樣沒錯，但受到如此直截了當的質問，我實在很難點頭承認。

「呃……」

總之，現在首要之事是掩飾過去。我透過終於恢復的腦內拉霸機，想辦法擠出適合這個情況的詞彙。

「沒有啦，那個……真的很抱歉。但、但就是那樣啊。既然妳明白的話，就不需要這麼害羞了啦。」

「唔！」

雪菜氣呼呼地瞪了我一眼。

接著，她用力鼓起臉頰後，扮鬼臉似的吐出舌頭——

「就算我知道你不是認真的，但害羞的事情還是會很害羞啊！阿凪你這個大～～～～笨蛋！」

撂下這句話後，她立刻離開了房間。

「……我剛才說錯什麼了嗎？」

我撓著後頸，嘀咕了一句。雖然我感覺自己好像選錯了很重要的選項，但這四年來，我的人際經驗值就是一直不斷被削減下去。雪菜照理說也該知道我的瞬間判斷能力很差才對。

「——噢。」

當我在思考這種事情的時候，桌上的手機忽然嘟嘟地響了起來。

我迅速操作，啟動通話畫面。對方是鈴夏。

「喂——」

『啊，是垂水吧？呵呵，怎麼樣怎麼樣？本小姐冰雪聰明，為你的戀愛輕～輕地推了一把喲！連我都覺得自己的手腕高明到有點可怕呢。如果你因此成功脫處☆的話，你可要供養我一輩子喔！』

「………」

『哼哼，看來你是太過驚喜，連感謝的話都說不出來了吧。』

「才不是咧，我是太過傻眼，連罵人的話都說不出來了啦。」

『咦咦～？幹嘛呀，垂水你真是不坦率耶。再說，是你太奇怪了吧？身邊有兩個這麼可愛的女孩子，你卻完全沒有出手，簡直太扯了。你該不會是以最近很流行的草食系男子（笑）自居吧？』

「少囉嗦啦。我告訴妳，別說什麼出手了，雪菜可是我的青梅竹馬耶。我們從小一起長大，事到如今怎麼可能起那種心思啊？」

『是這樣嗎？真的？』

「是啊。」

『一～～點也沒有？』

「…………沒有啊。」

『……嗯？算了，我就當作是這樣好了。嗳，那春風呢？是說，我第一次去那邊的世界時，你們原本不是在床上卿卿我我的嗎？你沒想過要聽從慾望侵犯她嗎？』

「妳的說法也太露骨了吧……妳竟然能對自己的『妹妹』用那種字眼啊。」

『妹妹？什麼妹妹……啊，也是。春風的確是五號機……哦，所以才會……』

「……鈴夏？」

『——咦？啊，不，沒什麼。呃，我想想……對了！我是打算給你提供另一條珍藏的消息。嗯，只是這樣而已喔！』

「珍藏的消息？」

『是呀……哼哼，儘管高興吧。給我注意聽好了，剛才告白的時候呀——雪菜「好像還滿開心的」喲。看那樣子，直接推倒絕對沒問題。』

「呃……！真是的，妳給我適可而止一點啦！」

在我怒吼的瞬間，她就留下愉悅的咯咯笑聲，中斷了連線。

我一邊瞪著手機畫面，一邊「唉……」地長嘆一口氣。

「我可是為了妳才打算攻略ＳＳＲ的耶……」

——不對。

儘管我忍不住發起牢騷，但參加ＳＳＲ是我自己的決定。鈴夏並沒有拜託我，斯費爾也沒有強制我參加。就算她再怎麼任性又輕率，要因此埋怨她絕對不合道理。

再加上——雖說我行我素，但她有時候會在高昂的情緒之間露出一絲「陰霾」，這一點讓我有點在意。她偶爾會一副欲言又止的模樣——「有所隱瞞」。因此，要斷定她只是個「我行我素的任性女」或許言之過早。

「……不過，如果是我想太多的話也無所謂就是了。」

我喃喃自語了一句後，便搖了搖頭，不情願地起身走到書桌。

根據經驗法則，差不多要出現第二次「來襲」了——在那之前，必須先想好該怎麼在雪菜面前辯白。

#

一晚過去，隔天早上。

大概是昨天大肆嬉鬧真的很好玩，鈴夏今天也想要來現實世界。

我本來應該會爽快答應，但其實我現在還滿猶豫的。昨天是國定假日，今天則是平日。要是

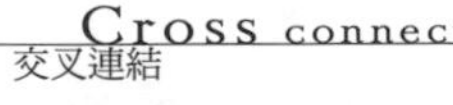

讓鈴夏去學校的話，絕對會引發慘烈的事態。不過，也不能因為這樣就荒廢遊戲進度。

等等諸如此類——距離現在大約三十分鐘前，我不斷煩惱著這種事情。

「……結果，說了這麼多還是選了這邊，看來我說不定還滿容易被人牽著鼻子走的。」

到頭來，我還是決定來到ＳＳＲ世界。我跺了幾下腳，還不敢太大力，以免勾破長裙，並帶著自嘲含義低聲這麼說道。這裡……應該是接近城市外緣的住宅區吧。相較於之前看過的貴族區和商店街，少了些生氣，感覺有點冷清。

「話雖如此，但對我來說這樣的鄉下正好。」

我一邊喃喃說著這種無關緊要的感想，一邊投影展開終端裝置的畫面。擁擠難讀的ＵＩ還是讓我有一瞬間皺起了眉，重振精神後，我連到公布欄。

『公布欄：第三天早上八點二十分現在。魔王：１３７４。勇者：１２２９。革命家：３８７。處刑人：１００３。判官：８００。追跡者：２２０８。神官：２４５５。』

我放心地呼出一口氣。

……嗯。１３７４ｐｔ的話，扣掉昨天與追跡者戰鬥所消耗的ｐｔ，再加上自動增加的部分後，差不多就是這個數值。鈴夏那傢伙搞不好是因為在外面的世界玩得很開心，才願意在遊戲裡面保持安分。

「接下來……」

切換思緒吧。我現在該思考的是今後的行動。如果要規規矩矩地前進的話，今天也去打工賺pt是最好的辦法……不過，其實我一直隱隱有股「不好的預感」。

要問為什麼的話，是因為「動作實在太少了」。

「應該差不多了吧。就算遊戲開始後花了整整一天才掌握住規則與設計，現在也已經是玩家該正式展開行動的時候了。」

而且，像三辻那種具備高度遊戲天分的玩家更是如此——我在內心悄悄補上這一句。

實際上，這是很弔詭的事情。從公布欄的資訊來看，連持有pt已經超過2000的玩家都開始出現了。現在正是備齊強力武器和豐富的道具，或研究職業技能如何應用於戰略的最佳時機吧。儘管如此卻毫無動靜。

其中特別不對勁的是「革命家」和「處刑人」，還有「判官」。

以「處刑人、追跡者與神官退出遊戲」為目標的職業——革命家。

以「魔王、判官與神官退出遊戲」為目標的職業——處刑人。

以「神官生存，任意兩個職業退出遊戲」為目標的職業——判官。

這三個職業不同於追跡者與神官，真要說的話，他們「沒有不進行PVP的理由」。雖然其他玩家有著「積極行動反而讓他們更有利」這樣的難題，但他們本身是沒有的。正因如此，做足準備就立即行動才合理。

既然如此……難道有其他人在妨礙這件事嗎？

這麼一想，「確實如此」。記得——

「鈴夏。」

「呃！……喔、喔喔，是三辻啊。幹嘛啦，嚇到我了。」

三辻在絕妙的時間點出現，還從背後叫住我，於是我像個柔弱美少女似的顫動了一下肩膀……她還是老樣子，太無聲無息了。

「鈴夏。不好了。大事不好了。」

「這話從妳口中說出來實在很沒緊張感，但我還是問問看好了。怎麼了？」

「妳看。」

「……不是啦，就說了，妳把終端裝置硬塞過來會讓我看不到。」

這樣的互動好像有點似曾相識。我輕輕地制止她不斷伸過來的手，並在沒有多做心理準備的情況下探頭看畫面——

「……咦？這是……！」

「對，應該是『ＰＶＰ』。我想是某個人做的好事。」

三辻淡淡地接口說道。

——她的終端裝置映照出ＳＳＲ的整體圖（地圖）。同心圓狀的街貌上分散著七個點。分布情況為我們所在地有兩個，另一地點有三個，剩下兩個各自在不同地方。雖然不曉得哪個點是誰，但七個光點所代表的恐怕是每個玩家的所在地吧。

是這個意思沒錯吧？我用眼神向三辻確認，她則老實地點了點頭。

「沒錯。這是可以在十分鐘內掌握所有玩家位置的道具……不過很昂貴，還只能用一次。而且對使用潛伏技能的玩家無效。很垃圾。」

「什麼垃圾……不對，現在不是講這種事情的時候吧。再不走就糟了。」

我感受到自己的心跳數逐漸變快，並用右手摸著後頸。

三人參加的ＰＶＰ……？這在能夠設想到的範圍內是最不妙的發展。我指的不是ｐｔ大幅移動這點程度的小事，而是「判官」。「神官生存，任意兩個職業退出遊戲」──我擔心這個勝利條件會在一場戰鬥中達成。

「…………唔……」

我將下唇咬得發疼，同時偷看了「三辻」一眼。

對了──三辻小織是神官。假設這場ＰＶＰ有兩名玩家退出遊戲好了，只要我在戰鬥結束前殺了三辻，判官的勝利條件就不會成立。

「……鈴夏？不去嗎？」

似乎是對我的模樣感到疑惑，三辻用無色透明的眼眸靜靜地凝視著我。

我注視著她的眼眸——還足足花了將近一分鐘不停轉動思緒——到頭來，我只「……唉……」地小嘆一口氣。

「不，我要去。實在沒辦法坐視不管。妳也要去吧？那快走吧。」

我用眼角餘光看到三辻應聲點點頭，便立刻踏出步伐。

……嗯，我知道。我很清楚。如果打算以冷靜的思緒來進行遊戲的話，按理我必須在這裡打倒三辻。畢竟這樣更保險又有效率。雖然她具備高超的遊玩技術，我不曉得自己有沒有辦法正面扳倒她，但從一開始就放置不管絕對是錯誤。

然而——她好歹從追跡者的攻擊下保護了我，要背叛她會讓我有點內疚。

用她的話來說，就是我們至少現在是合作關係。

我出於這個含糊的理由而打消攻擊她的念頭，選擇奔往更重要的ＰＶＰ現場，也因此「完全輕忽大意了」。

「——啊！」

小巷道突然出現些微的高低差。跑在前頭的我立刻察覺到這一點，並沒有出事，但緊跟在我後面的三辻就沒這麼幸運了。她嬌小的身體踉蹌跌倒，眼看頭部就要遵循重力撞在石板路上——

「『增速』！」

——在發生撞擊的前一刻，我使用加速技能滑進三辻下方。伴隨咚一聲小小的衝擊，被水藍色頭髮包覆的腦袋平穩地著陸在我的肚子上。也許是荷葉邊起到吸收撞擊的作用，以落下的距離而言，我倒沒有感覺到多大的疼痛。

正當我這麼想的時候——

「——咦？」

我抬不起身體。

我並不是遇到鬼壓床，也不是被物理力量壓得起不了身——只是因為「突然有一把凶器直指著自己，導致我沒辦法繼續抬起頭」。

「三辻……？」

她——三辻小織對我的疑問毫無反應，以一貫的淡然表情注視著我，穿透了過去。她就這樣用騎乘的姿勢束縛住我的身體，以冰冷的視線看著我……慢著。冷靜點。我得保持冷靜。

我是為什麼要接受三辻的協助？啊，對了，雖然有幾個瑣碎細節，但說到底，是因為「她是神官」的緣故。神官與魔王互相廝殺也得不到好處。正因如此，才成立了這個合作關係。

不過，若是這樣的話，「她現在為什麼要攻擊我」——？

……當我思緒至此的瞬間，感覺到左手腕的終端裝置微微振動了起來。

「嗯？」

三辻似乎也一樣，她沉默地看向自己的終端裝置。接著，她用一瞬確認完內容後，不知為何

將投影畫面反轉，硬是塞到我面前。儘管我感到奇怪，但在這個姿勢下，我也沒辦法轉開視線。終端裝置上顯示著ＳＳＲ的全體紀錄。

然後，在幾則系統訊息之中，有一行字格外醒目——沒錯。

『革命家擊破神官。』

「…………呃！」

一瞬間，我感覺到全身血氣退卻。

怎麼會……不管怎麼想，這都太奇怪了吧。「神官」？「被打倒的是神官」！那麼，眼前這個箝制住我的傢伙又是「誰」？該死，混帳，到底是怎麼一回事？我之前看到三辻的終端裝置上，確實記載著「神官」這個職業名稱啊——

「１００ｐｔ。」

「……咦？」

三辻淡淡的嗓音斬斷了我亂成一團的思緒。

「『偽裝終端裝置畫面的道具，１００ｐｔ就買得到』。非常划算。光靠這個，就能把遊戲的節奏拖得這麼慢。」

「咦！」

終端裝置的偽裝——原來如此。所以那個神官名義是假的。

也就是說，她把「職業」掉包了。本來的三辻恐怕有殺害我的動機，但用原本的職業名稱不好接近我，因而偽裝成無害的神官。與此同時，「真正的神官」冒充成三辻的職業，藉此牽制住盯上神官的革命家和處刑人的動向。這一切的狀況都是由她引導而成的。

巧妙的假冒策略，不曉得她這顆石頭擊落了幾隻鳥。

這就是——冰之女帝。

「…………呃。」

當我發現的時候，一滴汗已經沿著脖子滑落下來。

我順便嚥下一口唾沫……嗯，我其實早有預感。不管是她從昨天起就一直跟著我的行動原理，還是行雲流水的行動，就連那內斂的殺氣也讓我感到很熟悉。想來倒也理所當然，畢竟「我跟這傢伙已經交過一次手了」。

「妳……是誰？」

儘管如此，我還是禮貌性地如此詢問，而三辻小織表情未變，低聲答道：

「勇者——我是勇者。」

#

隱約可以聽見遠方傳來許多人在交談的嘈雜聲。

陽光並沒有強烈到令人流汗，這樣的好天氣很適合用「平和」來形容。

在這個幾近完美的休憩地點中，我——露出不該出現在美少女臉上的超陰鬱表情，並用小碎步走著路。

「……我為什麼還活著啊？」

最後我還自言自語地冒出一句沉重的話，但請不用擔心，我姑且說的是遊戲。

——確定三辻是「勇者」的瞬間，我已經放棄了一半。

因為在那個情況下，橫豎都是死棋。豈止叫將，根本被將死了。我當然並沒有徹底放棄勝負……但我實在想不到脫離困境的計策，而且那種東西應該也不存在。即使想把希望寄託在職業技能上，只能奪取持有物品的「強制徵收」也派不上用場。

……然而當時，三辻淡然說出自己的真實身分之後。

她竟然毫無預兆地站起身——將手上的短劍「收藏」起來，然後轉過身背對著我消失得無影無蹤。

她臨去前留下的話語，至今仍在我腦中不斷重複著。

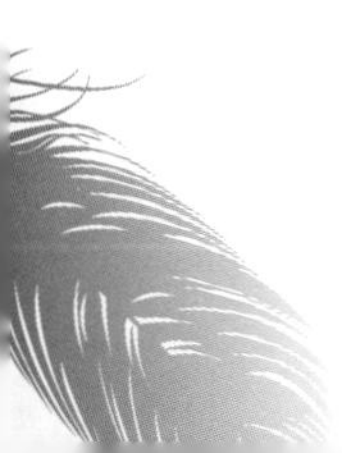

「不用反抗。『反正我還不能殺掉妳』，而且妳剛才救了我，這次就放妳一馬。」

「但是，我昨天也有好幾次殺掉妳的機會。可能今後也會出現很多次……鈴夏太沒有危機意識了。妳太容易相信人了。」

「這可是遊戲喔。地下遊戲。」

「要是一直思考多餘的事情，絕對贏不了。」

「我才不會輸給一個做事這麼沒有效率的人。」

「——那種事情我當然知道啊。」

我一邊夾雜咒罵地吐出這句話，一邊踢飛腳邊的小石子。

三辻說的每一句話都很有道理。既然她是勇者的話，她的確有非常多殺我的機會。畢竟我誤以為她是神官而安心下來，對她幾乎沒有防備，甚至還想以協力者的身分幫助她。

想來真是奇怪。絕對不能相信其他參加者——這理應是地下遊戲的基本。實際上，我過去也是如此而獲得勝利。

……但是——

這樣的我——從前那個為了通關地下遊戲而不惜重塑人格的我，卻在經歷過ＲＯＣ後，被春風破壞殆盡了。豈止稍微變換主張，我根本必須以完全相反的思維來挑戰這個遊戲。即使承擔了

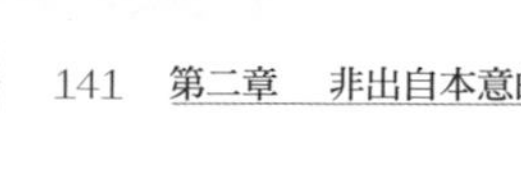

幾件多餘的事情，我也不打算隨便捨棄掉。

是說……從根本上而言……

「如果多餘的事情（那種東西）能夠輕易屏除的話，老子打從一開始就不會參加ＳＳＲ了好嗎？」

我微微撇著形狀姣好的嘴唇……沒錯。沒察覺到三辻的真面目的確是我的失誤，但也不代表這種溫吞的思維完全是錯的。不是的，並非如此。我從現在起必須證明這一點才行。

所以，簡單來說——

「等著瞧吧——我是絕對不會輸給三辻的。」

被人大肆挑釁，還吞下一場慘敗，儘管這讓我的臉頰因為焦躁感而有點扭曲，但我終究是個女孩子，於是只「呼」地吐出一口氣，加緊腳步再次趕往目的地。

#

「哈！——唷，夕凪，你來得真慢耶。你跑去哪裡鬼混了啊？」

「…………」

我來到那場ＰＶＰ的進行地點。才剛抵達就聽到粗暴無禮的說話聲，我一邊壓下想掉頭一路衝回家的心情，一邊僵住可愛的臉龐。

為了確認這個我不願相信的現實，我慢慢抬起原本低垂著的頭。然而……遺憾的是，如我所料。破得很嚴重的刷破牛仔褲、紅色襯衫搭上外套、皮膚上的搖曳火焰刺青，以及深褐色短髮。這個桀驁不馴地站在我面前的流氓，是「我一輩子都不想扯上關係的類型」。

十六夜弧月。

他在ＲＯＣ是春風（我）的最大敵人，但在諸般原因之下，最後和我成為合作關係——不太對，真要說的話，是安於並肩奔馳關係的變態戰鬥狂。

「唉……你啊。退一百步來說，『你在等我來』這倒沒什麼，畢竟ＰＶＰ（打架）的時候有其他人出現也是正常的。不過為啥你知道我是夕凪啊？你和我在ＳＳＲ是第一次見面吧？」

「啊？這還用問嗎？就那個啊。」

「那個？」

「氣質、氛圍，還有一種味道。」

「……你欠揍嗎？」

我像是要遮住比春風大一點的胸部似的抱緊身體，發自本能地察覺到自身危機，與眼前的流氓隔開距離。可惡……所以說這傢伙真的很危險，跟蹤狂等級顯然更上一層樓了。

十六夜看著我，賊賊地嗤笑一陣子後，舉起右手的手槍輕輕敲了敲自己的肩膀。

「不過，這點芝麻小事根本無所謂。我不管你是在參加一人角色扮演大會還是怎樣，既然你

有加入這遊戲的話，我也沒什麼好抱怨的。」

「要我講幾次啊？這不是角色扮演啦——唉，算了，就當作是這樣吧。」

我投降似的舉起雙手，放棄繼續解釋。反正這傢伙又不是拘泥於外表的類型。不管我撩起閃亮亮的金髮，還是輕柔地搖曳淡桃紅色長髮，大概都沒辦法引起他多少注意吧。

先不管這種事情了，我有一件事要問他。

「話說……十六夜，看你留在這裡，想必『你是革命家』吧？」

「哈！這倒未必——雖然我很想這麼說，不過，直接講就是這樣。要隱瞞這件事應該也不太可能吧……對，革命家就是我。雖然職業偽裝這種小伎倆害我白花了一些時間，但總算是殺掉神官那傢伙了。」

「哦……什麼啊，原來你也費了不少工夫喔。」

「啥？也沒有到費工夫的程度啦。頂多就像路邊的障礙物從小石頭換成岩石而已，沒什麼差。雖然確實讓對方爭取到一點時間就是了……話說，那該不會是你幹的好事吧，夕凪？是嗎？」

「哇啊！誰、誰准你這大塊頭摟我的肩膀啊？小心我告你喔！快放手啦……吼唷，不是啦！自稱是神官的不是我，是三辻啦！」

「三辻——這……呃。」

十六夜原本還在拿無聊事煩我，但當我講出三辻這個名字的瞬間，他整張臉登時僵住了。他喃喃說著「不會吧」，並用手槍的槍口搔著後腦杓一下子後，誇張地用全身大嘆了一口氣。

「唉……竟然又跑出一個麻煩的名字。我知道她喔，三辻小織。孤高的天才遊戲玩家。參加到最後的遊戲從沒一次輸過，大家還根據這種超乎異常的戰績而把那女的叫做『不敗戰姬』啊，還有『冰之女帝』之類的。聽說她明明贏那麼多場，但要求的報酬都很微妙，甚至還有人堅稱她是斯費爾安排的暗樁。」

「……真的有那種跟外號一樣的稱呼啊？」

「啊？哦，對啊。地下遊戲的常客通常都有一兩個外號，你也不例外。」

「你不用告訴我。我不想聽。」

「我想也是。」十六夜大笑了起來。看這情況，八成是被取了相當不符期待——更正，是莫名令人羞恥的外號。我現在才覺得，三辻能夠在初次見面的對象面前自稱「女帝」，那樣的精神構造實在讓我打從心底羨慕……是說，嗯？

「奇怪了，既然這樣，你為什麼情緒這麼低落啊？簡單來說，三辻強得不得了對吧？你不就最愛這種人嗎？」

應該說，有這種傢伙在的話，你就快去找她，別再纏著我了——我將這句話放在心裡，有一半是單純感到疑惑地這麼問道。

但是，十六夜臉上略帶愁容，並且搖了搖頭。

「呃……我不行。不知該怎麼說，我拿那傢伙沒轍。」

「……啊？」

「不是啦，我並沒有在開玩笑，這是真的……我一開始當然很興奮啊。在遲遲等不到你回歸地下遊戲的時候，一張新面孔颯爽登場。本大爺不可能不去挑戰她。」

「嗯，我猜也是這樣。然後呢？你瞬間就被反殺了嗎？」

「你是蠢蛋啊？如果有這種事情經過的話，反而會更激發我的鬥志好嗎？不是那樣啦，根本就打不起來啊。」

「咦？」

聽到預料之外的回答，我皺著眉反問回去。而十六夜就愈來愈不爽地繼續說道：

「就是說，那女的沒有要認真決勝負的意思。你知道嗎？那傢伙是打從根底的『效率魔人』，這是眾所皆知的事情。她絕對不做多餘的行動。既然是這樣的話，我當時都已經得到對戰最強的稱號，她要是還跟我交戰豈不是荒謬至極嗎？」

「哦……原來如此。簡單說就是被避開了。」

「就是這樣。而且到頭來我在遊戲裡一次都沒撞上她，但每次最終成績都是她比我高耶。不只是高而已，還是第一名。誰受得了啊？……哦，對了，『不敗戰姬』這稱號也是有祕密的。那傢伙還滿容易棄權的喔。一旦必須跟我這種她自認贏不了的對手直接進行ＰＶＰ的話，她就會立刻放棄勝負。不過也因為這樣，她才會是『在參加到最後的情況下就是全勝』的戰姬大人。」

十六夜說完這些後，真的很鬱悶似的嘆了一口氣。看來他確實是對三辻感到沒輒，那張臉已經浮現出濃濃的疲憊之色。

「…………」

順道一提，我還知道有個活像十六夜信徒的神經病跟蹤狂在ＳＳＲ裡面……但我不忍心在這時候補刀，現在先別說出來好了。

「——所以……」

當我因此而沉默下來之際，十六夜就短促地出了一聲。

「你原本是跟三辻小織——那個冒充神官的傢伙共同行動，現在決裂後剩你自己而已，沒錯吧？那你告訴我，那傢伙是什麼職業？」

「…………」

「幹嘛啦？資訊也是要等價交換的，這是基本好嗎？啊，我再順便告訴你，原先在這裡的另一人是判官。沒想到溜得挺快的，沒成功幹掉真可惜。」

十六夜不懷好意地嗤笑著，就這樣拿槍對著我。從他的語氣和態度來看，應該並不是真的有進行ＰＶＰ的打算，但這傢伙的戰鬥開關異常鬆弛，誰知道哪些因素會促使他扣下扳機。

……沒辦法了。

「那傢伙——是勇者。不是神官，而是勇者。」

「咻～真的假的啊？這位勇者大人才第一天就立刻發動職業技能，牽制住所有玩家耶……這就是女帝嗎？確實是她的作風就是了。」

「啊……」

原來是這麼一回事。我現在才後知後覺地明白過來。

的確，職業技能發動後會記載在全體紀錄上。要是「自動存檔&讀檔」這種作弊技能公布在那上面的話，誰都不會浪費力氣去襲擊勇者。三辻趁機和神官交換職業名稱，藉此接近魔王(我)。在這段期間，真正的神官就假冒成不容易被盯上的「勇者」，爭取時間直到真實身分暴露為止。

——再次覺得三辻真的很猛。

「哈！」

當我對三辻的認識又往上修正的時候，耳邊忽然傳來十六夜感到滑稽似的笑聲。他一個勁兒地竊笑著，並用指尖旋轉手槍。

「那傢伙是勇者的話，代表你就是魔王吧？」

「……嗯，是啊。」

「咯咯咯咯……哈哈哈哈哈哈！夕凪你還是一樣讓我見識到了有趣的遊戲啊！魔王挺身對

抗擁有不死之身的勇者是怎樣！唉唉～革命家完全是爛職業啊！早知道是這樣的話，我還比較想當勇者咧！」

「你這傢伙講什麼風涼話…………嗯？你剛才說什麼？」

「啊？……我沒說什麼奇怪的話吧。你是不是太常玩角色扮演導致出現幻聽了？」

「…………」

這是怎麼回事？確實有什麼東西讓我感到很在意。

「不……抱歉，沒事──真是的，要說爛職業的話，魔王才是吧。必須打倒的對象可是不死之身耶。這樣是要我怎麼攻略啊？」

「哈！打倒無敵勇者的方法嗎？嗯，的確，所謂的ＲＰＧ都是這樣。玩家不管輸幾次都能從存檔點重來。對魔王那邊來說應該跟惡夢沒兩樣吧。像勇者這種打倒再多次都會重新站起來的存在，講得直接一點就是『絕望』。」

「…………」

「不過──第一點，『並不是沒有方法』。」

十六夜突然認真起來，然後有點沒勁地這麼說道。

「方法當然還是有。但我猜你應該已經想到這方法，只是刻意忽視掉而已，而且我自己也是死都不想用。所以就不在這裡多談了。」

「……嗯。」

雖然贊成十六夜的意見讓我不太爽，但姑且還是點了點頭。十六夜看到我的反應後，也許是感到很滿意，只見他揚起了嘴角。

「所以呢，第二點。這才是重點。很簡單——『去懷疑』。不斷懷疑。絕對打不倒的復活技能根本是作弊，不可能有這種事。哪邊一定有漏洞——其實這種思維是地下遊戲的常態就是了……不過，麻煩的是這次未必也適用。」

「……什麼意思啊？」

「你也有聽說了吧？平常都是天道白夜在掌控地下遊戲，但這次不是……夕凪，我跟你說，我之前參加過好幾場地下遊戲，所以對於天道主導的遊戲，我可以保證一定有最低限度的公平性。但是——如果你問我『其他人』是不是也一樣的話，我就不得不保留回答了。」

現場瞬間充斥著令人坐立難安的沉默。

「…………」

的確，我也明白十六夜的說法。從邀請函可看出過度的殘酷性、職業間的不平等，還有圖書館員在新手教學時的台詞。將這些事情納入考量後，再問我ＳＳＲ的ＧＭ能不能信任的話，我的回答當然是不能。

但是——這是所謂的跨次元的問題。我們身為玩家，就算絞盡腦汁也無濟於事。

「……話說回來啊。」

這時候，原本用手槍搔著頭的十六夜，忽然刻意地嘆了口氣。

「從客觀的角度來看很搞笑就是了，你是魔王這一點倒是我有點失算了。」

「什麼失算……哪裡失算了啊？說到底，你是革命家吧？勝利條件是處刑人、神官和追跡者退出遊戲。跟魔王（我）沒有關係啊。」

「不是喔，既然有奪取ｐｔ的系統，當然會發生無視條件的ＰＶＰ啊。至少對我來說，遇到你就是開打，才不管什麼職業咧。」

「……雖然我有很多意見，但這樣又有什麼問題？」

「所以說，問題就在『我不能這麼做』啊——喂，接招。」

「呃，啊！」

十六夜毫不理會我的反應，以流暢的動作舉起了槍口。隨即響起「砰」的槍聲——但音速鉛彈並沒有貫穿我的身體。

「——唔。」

不僅如此，「發出呻吟聲的反而是十六夜」。我皺眉看著這幅莫名其妙的景象，而十六夜突然扭曲著臉龐。那表情不是痛苦，是感到「愉悅」。

「……你腦子還好嗎？」

「痛死了……混帳。還是老樣子很擅長暗中進行射擊嘛，臭傢伙。」

「不是啦，我問的不是物理性的傷害，而是精神方面的……慢著，射擊？什麼意思？」

「真囉嗦耶，看不就知道了嗎？『我被射擊了』。就在我打算殺你的那一瞬間，簡直像伺機已久似的。」

「啊……？什麼你被射擊，誰幹的啊？」

「啊？當然是試圖保護你的勇者啊。你還沒睡醒嗎？」

十六夜瞇起那雙狹長的眼睛，彷彿在說自己搞不懂原因一樣。搞不懂原因的人是我吧——當我打算這麼反駁之際，終於恍然大悟。

不……我懂原因。

勇者的勝利條件是「擊破」魔王，不是讓魔王退出遊戲。換句話說，「要是我被其他玩家殺了，三辻就無法獲勝」。因此，「三辻必須保護我」。儘管我不知道她為什麼要放我走，但至少以現狀而言，我的死亡對她最不利。

——十六夜不耐似的吐出一口氣。

「她給自己設下這種限制條件太奇怪了吧。根本無法好好行動。而且我剛才打倒神官後，其他人已經加強對我的警戒了……真夠麻煩的。嘖，竟敢偷偷摸摸地躲起來啊，那個臭女——

（砰！）——痛死了，喂，要打的話就給我堂堂正正地從正面來啊，混帳！」

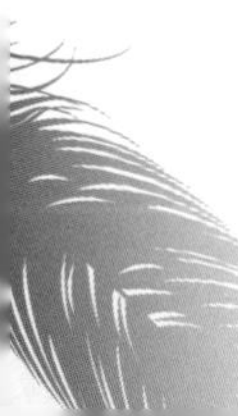

彷彿要打斷他的話一般，子彈突然飛了過來，而十六夜毫不掩飾自己的煩躁，一拳打在旁邊的牆壁上。不過，他當然得不到答覆。

我用眼角餘光看著他開始碎碎念——我自己也思索了起來。

神官被打倒後，現在每個職業的狀況都出現大變動。判官和追跡者的職業勝利條件完全消失，只能透過存１００００ｐｔ來贏得勝利。反過來說，革命家和處刑人則前進了一步。但由於警戒變強，他們的行動也相對受到大幅限制。

而且，其他玩家也開始必須把部分ｐｔ用在警戒上……嗯，總之前路相當難行。

「嗯？」

當我遲遲沒辦法嚥下在內心悶燒的焦躁之際，忽然發現左手腕的終端裝置在發光。

也許是現實（對面）世界出什麼意外了，我趕緊觸碰通話鍵——

『啊，呀呼~垂水？我跟你說喔，我可能搞砸了一點事情。今天有體育課……然後，人家不是女孩子嗎？所以就不小心跑進女更衣室了。啊哈哈，抱歉啦抱歉啦！但你不用擔心，我看大家好像準備動私刑，當下就迅速逃走了喲！』

「…………」

「喂，夕凪。呃～那個什麼……你好像也滿辛苦的。」

——十六夜弧月的鼓勵讓我嘗到屈辱的滋味，也沒力氣撥掉他放在我肩膀上的手，就這樣錯愕地跪倒在地上。

『Selector of Seventh Role第三天結束時，中途情況。』

『魔王：2361pt。勇者：2079pt。革命家：1603pt。處刑人：448pt。判官：360pt。追跡者：3032pt。神官：退出。』

『職業勝利條件、進行狀況。』

『革命家：已達成神官退出。剩餘二職——處刑人、追跡者。

處刑人：已達成神官退出。剩餘二職——魔王、判官。

判官：由於神官退出而無法達成職業條件。完全轉移為pt取勝。

追跡者：由於神官退出而無法達成職業條件。完全轉移為pt取勝。』

抱歉，雪菜，我有一點事情想問妳。
……雪菜？

我才不要理亂闖女更衣室還笑著打赤膊的阿凪呢。真是的，笨蛋。阿凪你這個笨蛋。明明總是說我的內衣怎樣都無所謂。笨蛋傻瓜色狼爛人變態！

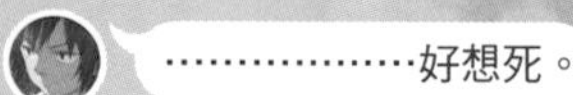

咦……對、對不起啦，阿凪，我是不是說得太過分了？我並不是認真要把你講成這樣的——

不是，雪菜這麼直截了當地鄙視我，這未免也太屈辱了吧。

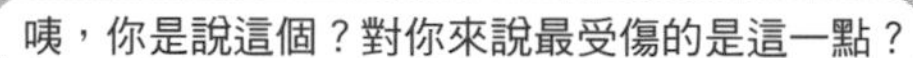

可、可惡～！我已經生氣了。我明天要把阿凪的睡臉照散布出去！

住手啦，太莫名其妙了吧，這樣針對我的仇恨言論會更多耶。
……啊～算了，我要講的是，那次事件之後，聽說妳好像有幫我打圓場。所以想說還是要跟妳道個謝。

！……吼，什麼嘛。

阿凪你還是老樣子，有時候真的很傲嬌呢。

Aa

第三章 隱情

CROSS CONNECT

#

三辻小織的真實身分曝光、神官退出、不巧再次遇到十六夜弧月。

昨天發生許多事情，而在經過一夜後——鈴夏堅持「今天不管怎樣都要玩遊戲」，我便讓她登入SSR，自己則去上學。包含國定假日在內，我已經三天沒來學校了。

現在是午休時間。因為之前那椿「女更衣室侵入事件」，我早上就被叫去教師辦公室，還遭到女生們的眼神攻勢，實在有夠慘，但大概是我的瘋狂道歉策略奏效了，其他人對我的殺意逐漸平息了下來。

……原本是這樣才對。

「唔?奇怪，小凪小凪，今天小春春沒來嗎？」

「……有來啊，現在跟雪菜一起去福利社了。是說，妳這傢伙的臉太近了。稍微拿捏一下距離啦。」

「咿嘻嘻。怎麼啦？所以你是怕被我的美色誘惑而臉紅，才要我離遠一點嗎？唔～該怎麼辦好呢～好煩惱喲～喵～看招。」

「喵個頭啊！還有妳這傢伙別再靠近──」

「啊～！說起來，小凪呀，你從剛才起就一直對著『學姊』說『妳這傢伙』吧～？這樣不行喲，我得好好處罰你這個小混混學弟才行。」

「喂，等──」

臉頰被捏住。

儘管我用盡全力抵抗，然而僅僅一瞬，我就被「她」抓住了。她隔著桌子朝我伸出雙手，不斷揉捏我的臉頰……這就是「處罰」嗎？我既不痛，也感受不到任何惡意，但以煽動羞恥心的方面來看，效果的確非常高。

此外──

「……………………」

──整間教室投向我的視線都冷卻下來了，這個作用毫無疑問也很大。

「唉……」

我一邊任憑她揉捏，一邊微微搖了搖頭。她的舉動立刻就讓我陷入「如坐針氈」的情況。

要是我因此逃走的話，可以想見會引起更多的反感，所以我決定帶著些許抗議含義地半瞇著眼看

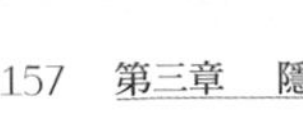

她，哪怕這只是最低限度的抵抗。

「……真是的，我說妳啊。」

「嗯？咿嘻嘻，怎麼啦～？嘆氣嘆得那麼刻意，其實小凪是希望人家多理理你吧～？」

「沒有，不是啦。才不是這樣咧。」

我的瞪視絲毫沒有任何威脅效果，但先不管這一點。

——她是個很俏麗的少女。

樸素的制服穿得極度隨性，裙子短到推測不出膝上幾公分。看起來有點小心機的紅色雙馬尾在肩膀下晃動，不知該說是小惡魔系還是具備魅惑感，總之她嘴邊總是妝點著一抹帶有虐待狂氣質的笑容。

「咿嘻。真是的～小凪真的很容易害羞耶～哎唷～」

「姬百合七瀨」——沒錯，坐在我面前不斷搖晃耀眼裸足的她，就是曾經幫助我攻略ＲＯＣ的斯費爾成員姬百合。她不僅是那位天道白夜的直屬部下，也是擁有許多謎團與傳說的超強女高中生。她用開朗至極的性格與愛裝熟的態度來拒絕我的拒絕，是個「距離感異常」的人。

話雖如此，那種徹底偏向「陽光」的人格是專門為ＲＯＣ虛構出來的，她原本叫做瑠璃，居無定所且沒工作（積極型尼特族）……理應是這樣，但上次的遊戲結束後，她不知怎地開始以「這個模樣」來學校了。

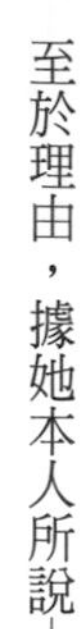

至於理由，據她本人所說——

「我之前對學校沒興趣，現在有興趣了嘛～不過，人家跟我說不能穿平常那件連帽上衣來學校，但要我脫掉的話，我又會害羞到想死。既然如此，乾脆就用『這副打扮』來上學好了，大概是這樣吧～？」

似乎是這麼一回事。順道一提，她用假髮蓋住亮麗的黑髮，胸部不夠的部分是用胸墊來補足。後者是我的目測啦，但姬百合和瑠璃學姊的罩杯絕對有差。沒想到這麼在意自己是貧乳啊……學姊。

不、不過，先撇開這點不談。

「——啊，姬百合小姐！姬百合小姐在耶！」

「呃！……瑠、瑠璃學姊？」

雪菜和春風正好在這時候回來了，我決定收起這種不道德的想法。

那兩人看到姬百合的反應有著鮮明的對比。春風眼睛發亮地衝過來，雪菜則紅著臉抱緊自己的身體，躲到附近的同班同學（倉野）背後，還「吼吼」地發出威嚇般的叫聲。

……不過很可惜地，她這是很恰當的反應。畢竟三個月前初次見面（？）之後，姬百合一逮到機會總是會對那傢伙伸出鹹豬手。

「呿～真是的～小凪和小雪都太容易害羞啦～」

姬百合原本不悅地嘟著嘴看雪菜，但後來就收回了視線，沒有特別深究。接著，她態度一變，雙手大張接住撲進自己懷裡的春風。

「噢噢。咿嘻嘻，好久不見啦。真是的，將近一個星期沒補給小春春成分，人家差點就要變成人乾了啦。小春春過得好嗎？沒見到人家會不會寂寞～？」

「耶嘿嘿……這個呀，姬百合小姐不在的話，感覺有點安靜，真的會寂寞呢。」

「哇呀～！哎呀，小春春果然超級天使的！抱歉喲，我最近有點忙，連明天能不能來也不知道呢……咿嘻。來來來，再過來一點。緊緊抱住人家嘛～」

「緊、緊緊抱住嗎？好的，呃……這、這樣……抱緊～」

「哎唷，觸感和抱起來的感覺都超棒的啦，不愧是小春春……我聞聞。嗯嗯，好香喲。嗳，我可以摸嗎？可以用手指幫妳梳頭髮嗎～？」

「咦？啊～妳已經在梳了……嗯～」

「很舒服吧～？放心把全部交給人家吧，不用害怕喲。唔姆！」

「好、好的……咦？呀！那、那個，姬百合小姐，耳朵！那裡是耳朵──呀啊！」

「「…………」」

春風以一己之身承受著姬百合毫不客氣的性騷擾，可以看出被抱在懷裡動彈不得的她，臉頰變得愈來愈紅。朦朧的眼神已經有點煽情。溢出的呼吸既紊亂又嬌媚，最後甚至開始變成類似嬌喘的聲音。

「……咿嘻嘻。」

儘管如此，姬百合的惡行並未停下。她巧妙地用自己的身體阻隔外部的視線，然後將臉埋進滑順金髮所包覆住的脖子裡，右手則用妖嬈的動作將制服鈕釦從上依序——

「——欸！阿凪你是要看多久啦！」

我看到鈕釦即將被解開的一幕。

雪菜不知何時來到我旁邊，她捲起筆記本朝我（還有姬百合）的頭狠狠敲了下去，導致我最後還是沒能見到那樣的情景。

「妳問我鈴夏情況怎麼樣？」

——當性騷擾鬧劇華麗地落幕後，大概經過十分鐘。

因為需要私下談談，我和姬百合便更換地點，來到中庭設置的長椅並肩坐下。

聽到我感到困惑的聲音後，姬百合一邊吸著鋁箔包冰茶，一邊點了點頭。

「嗯，沒錯喲。其實我之前匆匆瞥過幾眼，然後就有一點在意她。你也知道，第三課（我們）幾乎沒有插手這次的（SSR）遊戲嘛。」

「哦，圖書館員確實也說過……是說，對了。為什麼妳從前天起就一直聯絡不上啊？拜妳所

賜，我簡直被整慘了。」

「咿嘻嘻，怎麼啦？小凪等不到我的回覆，感到寂寞了嗎～？」

「我不是這個意思啦。」

「哎唷，小凪還是一樣不坦率耶，真是的……咿嘻，抱歉啦。我去辦了一下室長交代給我的工作。因為太忙了，不知不覺就擱置沒回了。」

「……天道交代給妳的工作？跟ＳＳＲ的營運無關嗎？」

「嗯嗯。啊，可是內容是祕密喲～這有守密義務，無可奉告喲～！」

姬百合將食指放在嘴唇上，「咿嘻嘻」地露出惡作劇般的笑容。

我看著她，輕輕嘆了一口氣。不過，我打從一開始就不覺得她會告訴我這麼多。說到底，我和姬百合根本不是合作關係。

我清了一下喉嚨。重振心情後，回到原本的話題。

「所以，妳是要問鈴夏的情況吧？……她啊，這個嘛，不知該說是我行我素還是不按牌理出牌，真的是個很不得了的傢伙。面對互換身體這種異常狀況，她幾乎沒怎麼抵抗就接受了，甚至在現實世界和ＳＳＲ都是為所欲為。她害我沒辦法好好推進遊戲進度，連日常生活也遭到大肆破壞。坦白說，我已經受夠了。」

「……是喔。可是可是，那小凪你怎麼不生氣呢～？」

「沒啊，我很生氣耶，氣得要命……不過，我的確沒有打從心底討厭她。該怎麼說好呢——因為那傢伙『看起來超開心的』。一切行動都散發著光采，完全感覺不到惡意，所以……總之，就算她闖禍了，我也不會對她發脾氣。」

「……是喔～是喔～是喔～」

「……妳在生什麼氣啊？」

隨著我談到更多關於鈴夏的事情，姬百合的不爽程度就逐漸增加，最後還嘟起了嘴巴。不是吧……太莫名其妙了。明明是她要我回答，我才說出這些事情，為什麼還對我擺出這種態度啊？

「唔——反正呢！」

姬百合彷彿要重擺架式似的喊道，然後倏然站了起來。

這一瞬間，過短的裙子飛揚起來，與我的視線同高，白皙的大腿直接映入眼簾。再加上距離非常近，這幅景象差點讓我暈過去。我不由得別過頭去，而她則狀似滿意地勾起嘴角，雙手交握在背後，微微歪起頭。

「……怎、怎樣啦？」

「嗯～？啊，沒啦沒啦。剛才那樣已經完成迷倒小凪的任務嘍～」

「啥？才沒有咧。誰會這麼簡單就被迷倒啊？」

「唔。小凪你果然很不坦率耶……咿嘻嘻，不說這個了。聽好嘍，我有一件事想要問你。」

姬百合說到這裡，暫時打住話語，表情略有變化。氛圍明顯與之前不同，帶著一抹空靈色彩。那是看起來既溫柔、真摯又有點「落寞」的微笑。

「嗳，小凪。鈴夏之所以『看起來超開心』……你覺得是『為什麼』？」

「……咦？」

「她看起來很開心吧？從你的角度來看，她總是散發著光采，很享受人生對吧？」

「對、對啊……是這樣沒錯。」

「那你覺得原因是什麼？她為什麼看起來很開心？『是什麼令她那麼開心』？……嗯，如果說她想盡情在這個世界遊玩，這一點我也懂喔。畢竟簡單來說，這裡就是異世界嘛，任何人都會感到很興奮。但鈴夏她呀，不只是外頭的世界，連在SSR也一直一直——保持著高昂到『不尋常』的情緒吧？對於這一點……你不覺得有些奇怪嗎？」

姬百合說完便注視著我。雖然她的語氣很輕佻，但那雙眼睛寄宿著認真的神采。

「……妳說的或許也沒錯，但這八成是——」

「你想說鈴夏本來就是這種個性嗎？唔，也是，在你眼中看起來就是這樣吧。可是……『這不可能』。畢竟我之前見到的『電腦神姬二號機』是非常『乖巧的孩子』喲~很文靜，總是低垂著頭，什麼話都不說——嗯。用我的說法來形容的話，就是『很無聊』。至少跟你剛才告訴我的『鈴夏』比起來，有點不能相信是同一個人耶。」

「────」

她的聲音很溫和，可以想見是為了不讓我感到混亂，而我只能沉默不語。

……這是怎樣？什麼意思？

鈴夏並非高昂情緒中藏著一絲陰霾，而是偶爾出現的陰霾才是核心，她在我面前用盡全力掩飾這一點──將姬百合那番話照單全收的話，就是這樣。那種開朗到令人傻眼的個性並不是她的真面目。一定是強裝出來的。

然而……假設真是如此，「她為什麼要這麼做」？是什麼原因將她拘束在「隨時隨地都必須表現得很開心」這種「強迫性思維」裡？

「……」

我緊咬著下唇，將右手放在後頸上。

我不知道──儘管我還不曉得詳情，但從春風那次來看，很容易就能想像到背後大概藏著令人不快的內情。邀請函的插圖恐怕不是單純的威脅。雖然我看不到也聽不到，不過，「鈴夏正在哀鳴著」。

既然如此……我……

「啊──可、可是我跟你說喔！」

這時候，看到我完全陷入沉思狀態，姬百合連忙擺了擺雙手。

「剛才那些只是我的直覺而已，也有可能完全是我搞錯了喲！」

「這樣喔。但妳特地來向我提出忠告，就表示這次的ＧＭ很不好對付吧？」

「唔！小、小凪討厭啦，領悟力太強了吧～！」

姬百合尖叫似的說道，還誇張地做出仰天的動作……雖然她名義上是要詢問鈴夏的情況，但打從一開始的主要目的就是為了警告我吧。以她的個性而言，這也沒什麼好奇怪的。她這個人意外地心思細膩。

「朧月詠──是這名字沒錯吧？那傢伙有這麼棘手嗎？」

「唔～與其說是棘手……應該是『危險』吧。嫉妒心強，自我中心，為了達成目的不擇手段。小凪，你最好小心一點。朧月詠和室長不同，根本毫無底限可言──咿嘻嘻，所～以～說～！」

姬百合在這裡打住話語，搖著紅色雙馬尾，猛然把臉湊近。就連我身體都往後仰了，她也毫不在意。那雙直勾勾地凝視著我的眼眸，與「過去」同樣因為期待與高漲的情緒而熱氣氤氳，看起來炯炯有神，燃著熊熊烈火。

「你必須拿下徹底的勝利！」

──如果說我的內心完全沒受到打動，那當然是騙人的。

#

『喂？垂水～？現在有沒有空？我有一個非常好的消息要告訴你喔！』

與姬百合分別後，我還坐在中庭長椅上，隨即手機就接到一通來電。

每次都是這樣，擅自開始通話，小小的液晶畫面放大顯示出鈴夏那張得意洋洋的表情。雖然我這時候就隱隱有不妙的預感，但還是憑著一絲希望催促她說下去。

「好消息？什麼啊？妳長高了嗎？」

『你在說什麼蠢話啦。我的身材比例已經很完美了，才沒有地方需要再成長呢。不是啦——我要講的是這個！』

「……哪個啊？」

鈴夏那雙鮮紅眼眸閃爍著光輝，自信滿滿地如此斷定著，但我還是搞不懂她在說什麼。她的外表和昨天幾乎一樣……不對，仔細一看，上臂一帶纏著某種類似臂章的東西。她是指那個嗎？

我歪著頭感到困惑，而鈴夏則欣喜地加深了笑意。

『真是的，受不了你耶。如果你看不出來的話，我只好說明給你聽嘍！』

「說明才是正常的吧……」

『才正常就滿足了，垂水你就是這副德性。算了，我會按照順序告訴你，好～好聽著吧。記得佩服我的貼心與機智喔！』

「是是是。」

我開始感到麻煩，於是隨便應了幾聲。畫面另一端的鈴夏無比開心地「嗯！」了一聲點點頭——這種坦率的部分倒還滿可愛的——接著，她將雙手扠在腰上，一臉得意地開始述說「好消息」。

『那件事要從寒風凜冽的冬天說起。』

「要回溯的話，拜託倒回今天早上就好。」

『那就今天早上吧。我一如往常在大街上散步。這天，愛店的每日餐點是蛋包飯，所以我微調步伐，讓自己能夠在中午的時候抵達餐廳。』

「……我說啊，會不會太長了？完全看不到終點在哪裡耶。」

『嘻嘻，馬上就要進入佳境嘍。不用擔心啦——沒錯，事件就是在那裡發生的。散步途中，我覺得肚子有點餓，就順路去甜點店吃餡蜜，再帶著極好的心情繼續散步，緊接著就出事了。』

「想必是蛋包飯賣完了吧。」

『不，這時候的我已經填飽了肚子，覺得蛋包飯也不是那麼重要了。所以你答錯了，才不是那樣——突然喔，附近巷子裡衝出了「其他玩家」。』

「…………什麼？」

我聽到這裡才將思緒切換到遊戲。

遇到其他參加者……？是誰？既然三辻不知何故「故意放我走」，就表示可以對鈴夏出手的玩家應該不多。我想得到的可能性，大概是可以單獨突破三辻防線的十六夜，或者遇到的就是三辻本人。

結果正確答案是後者。

『——她說自己是勇者。我看她小小隻的，又是水藍色頭髮，跟你提到的三辻外表一模一樣耶。』

「……然後呢？她攻擊妳了嗎！」

我忍不住大聲了起來。雖然三辻當時說「還不會殺妳」，但她身為勇者，當然有殺我的動機。無論何時露出獠牙都沒有什麼好奇怪的。

『沒有喔，她沒攻擊我。』

鈴夏沒事似的搖了搖頭。

『不僅沒有，她看起來根本不像是會攻擊我的樣子。她一邊舔著冰淇淋，一邊露出感覺很幸福的平板表情，我猜她可能今天休假吧？』

「什、什麼休假……這是怎樣？雖然我不是很懂，但總之沒發展成戰鬥對吧？至少還沒陣亡

吧？」

『這當然呀。要是陣亡的話，我——咳咳，沒事。呃，對，我們沒打起來。勇者她「點頭示意後，立刻就準備回去了」。』

「……啥？」

所以最後還是沒殺掉魔王。儘管這個方針本身沒有變，可是跟昨天那殺氣全開的模樣比起來，她的態度截然不同。昨天和今天到底差在哪裡——不對。

有一點不同。這也是當然的，雖然只有一天之差而已，但昨天和今天的魔王內在是不同人……不過，勇者有可能因為這樣而改變行動嗎？如果有的話——那就是——

『她是在怕我啦。我看得出來。』

「才不是咧。」

『哼哼，垂水你是怎樣？誇獎人是不需要客氣的。而且我不是說好消息嗎？為什麼你會聯想到「陣亡」啊？』

「哦，確實是這樣沒錯……話說，妳差不多該講了吧。裝模作樣也裝得太久了。」

『好，那你就仔細聽好了，然後發自內心地佩服我吧！』

在手機的小小畫面中，可以看到鈴夏猛然昂首挺胸。接著，她說道：

『遇見勇者的時候，有一道天啟降臨到我的腦中，告訴我這是好機會，絕無僅有的機會！所以我沒有任何猶豫，看到勇者即將離開，我就鎖定她使用了「強制徵收」喲！』

「…………啥？」

聽到太出乎意料的字眼，我忍不住從長椅上站起身。

使用「強制徵收」……？明明沒有發展成ＰＶＰ不是嗎？不對，就算真的發生了ＰＶＰ，也該以「增速」和「力量」這種便宜的共通技能為主。根本不需要動用會耗掉大量ｐｔ的職業技能。

「慢著……給我等一下。妳到底用『強制徵收』搶到了什麼？」

『所以就是「這個」呀。真是的，我從剛才就一直現給你看，結果你完全沒注意到耶。』

鈴夏用鬧彆扭的語氣說著，並把左臂伸到身體前面。多虧如此，剛才看到類似臂章的東西以特寫鏡頭呈現在畫面正中間……嗯？不對，這個……不是臂章？

『沒錯，我還放話了喲。我說，勇者（妳）的內褲，就由我收下了！』

「──────」

她這句話具備太驚人的威力，導致我身體搖搖晃晃了起來，然後癱坐在長椅上。

我做了幾次深呼吸，抑制住內心動搖後，才勉勉強強擠出聲音。

「妳、妳這傢伙……講這種話是認真的嗎？」

『當然是認真的呀！在突然遇到勇者的情況下，立刻使用「強制徵收」做出回擊，如此華麗的表現……嗯，說不定我真的是天才呢。呵呵，那張鐵面稍微變紅的瞬間！狀似羞恥地跑走的背影！垂水，你沒看到真是太可惜嘍！』

「～～～～！啊啊啊夠了，給我閉嘴————！」

別說道歉了，她反倒得意洋洋地如此回答，當我察覺到時，自己已經發出了驚天怒吼。

到……到底是誰說這傢伙沒有惡意，所以不會對她發脾氣的？講這什麼蠢話！錯了吧，正因為沒有惡意才更麻煩，她就是這種類型啊！

「妳在得意什麼啊！太奇怪了吧！的確，妳遇到勇者還能平安生還，這其實滿難得的，我可以為這一點向妳道謝。但是，那種回擊方式是怎樣啊！妳可以不用回擊啊！就這樣擦肩而過不是很和平嗎！」

『咦～？你幹嘛講成這樣？難道是想挑我毛病嗎？我超級聰明的耶！』

「想當聰明人的話，什麼都不做才是最正確的吧！妳知道使用『強制徵收』要花多少嗎！」

『2000pt對吧？』

「……………答對了……唉。」

聽到鈴夏若無其事地這麼回答，我則一邊抽動著臉頰，一邊嘆了口氣。

２０００ｐｔ——正是２０００ｐｔ。在這個時間點失去如此大量的資源，造成的不利影響絕對不小。在焦躁感的驅使下，我半下意識地將右手放在後頸上，深深地吸進一大口氣，讓自己恢復冷靜。

就在此時——

『啊哈哈……好開心喔。真的很開心。非常……非～常開心。』

小小的低語聲從終端裝置的另一端傳過來，恐怕她本人也沒察覺到自己發出了聲音吧。而且，與其說是自然流露的情感，真要說的話，那種語氣更像是在「說服自己」是開心的。

我聽到後，忽然想起剛才與姬百合的對話。

鈴夏為什麼非得表現出如此「開心的模樣」不可呢——

「……唉。」

『嗯？嘆什麼氣呀，垂水？怎麼啦？』

「不，沒什麼。啊，對了，我現在可以登入嗎？反正妳為了使用『強制徵收』，已經把ｐｔ花到見底了吧？在這種情況下讓妳進行遊戲太可怕了。」

『說、說這什麼話！你這是不信任我的意思吧？……而且，垂水你沒有生氣嗎？』

「如果妳明知我會生氣還說出剛才那種話，那妳也相當厚臉皮嘛……不過，我確實沒有多生氣。既然是互換身體來進行遊戲，我早就做好心理準備會發生這種事情了……再說……」

『再說？』

「從妳的角度來看，可能不同意這一點……但我們姑且算是夥伴吧。我覺得自己有責任為妳闖下的禍收拾殘局。所以快點跟我交換。」

『啊…………』

鈴夏對我單方面的宣告起了一點反應。

但她沒有繼續說什麼，只老實地低聲說了句「好吧」——就在我們即將交換身體的「前一刻」——

『咦？——呀啊！』

手機聽筒傳來微弱的尖叫聲。

「……鈴夏？」

我疑惑地出聲詢問，但鈴夏沒有回應。取而代之的，是終端裝置的攝影模式從前鏡頭切換為後鏡頭。與此同時，「影像中映出了另一名人物」……那模樣看起來很不尋常。有病態般的白色裝束，以及近似痙攣的歪斜表情。

我與鈴夏一起倒抽了一口氣，而就在這一剎那——

『「處刑人」冒昧來訪——嗨，魔王大人，有空的話要不要跟我玩玩啊？』

那女的——處刑人勾起一抹扭曲的笑容。

#

率先有動作的是對方。

『呀哈哈哈哈哈！』

白衣女大幅度地揚起嘴角並蹬地而起，瞬間縮短與鈴夏之間的距離。她就這樣伸出右手，以凌厲的掌底襲向鈴夏的喉嚨。

『啊，嗚！』

隨著呻吟聲，嬌小的身體浮起來，粉紅色長髮飄然散開。

處刑人從後方用雙手架住鈴夏，再以流暢的動作啟動終端裝置，利用「展開」指令讓曲刀顯現，抵在她的脖子上。

『呀哈！——徹底中了奇襲是什麼感覺啊，魔王大人？我其實還滿有紀律的，所以從早上開始就一～直在等待最佳時機喔。』

『我……不知道那種事情啦！』

『啊？哈！什麼啊，妳這傢伙。叫的聲音挺好聽的嘛！真令人受不了啊。』

處刑人一邊發出惱人的不快聲音，一邊玩弄單手握著的曲刀，在鈴夏的臉頰上拍了幾下。當

然，刀刃目前並沒有接觸到肌膚。但那女的每次緩緩動著手，鈴夏的表情就會因痛苦而扭曲。她的臉色早已蒼白，顫抖的雙手不安地抓緊裙襬。

「…………」

我隔著畫面瞪著這幅令人氣憤的景象，靜靜地思索起來。

——我不曉得處刑人的目標。

不……說不曉得也不太對。光從表面來判斷的話，倒不如說非常簡單明瞭。處刑人（那傢伙）的職業勝利條件是神官、魔王和判官退出遊戲。魔王身為目標，遭到襲擊根本一點也不奇怪。

但是，稍微想想就會知道一件事。魔王沒那麼容易殺死。如果一定要殺魔王的話，就必須先打倒阻擋在面前的勇者——擁有「自動存檔&讀檔」這種作弊技能的最強無敵勇者大人。

我現在之所以能夠保持一定程度的從容，追根究柢的話，「這一點」就是原因。三辻絕對在某處看著這一幕。要是有人打算殺死鈴夏，瞬間爆開的應該是對方的腦袋吧。三辻小織就是這麼強。只要在她的監視之下，鈴夏就會是ＳＳＲ參加者裡面最安全的一個。

因此我不懂——那個處刑人究竟要怎麼殺掉魔王？

『呀哈！』

彷彿在嘲弄我的想法似的，畫面另一端的處刑人用力扭曲著臉頰。她那雙環繞著鈴夏脖子的手臂重新使力，而後突然揚起嘶啞的嗓音。

『喂！妳有在聽吧？「勇者大人」！』

「……咦？」

我一頭霧水，發出了愣愣的聲音——但慢了幾拍後，我便察覺到了。

原來如此……是因為看法不同。勇者成為魔王的護盾，也代表魔王本人就是勇者的弱點。如果是弱點的話，就能拿來當「人質」。處刑人打從一開始就反過來利用職業之間的關係，她的目標不是只有魔王一人，而是準備將兩人一網打盡……！

『呀哈哈！喂，勇者大人看得到嗎？看得出來嗎？沒錯，我剛才對這傢伙的身體使用了「連結鏈甲（Linker Mail）」！這玩意兒可以讓自己與一名指定玩家同步（Link），每次自己受到傷害時，其中百分之二十五就會由對方代為承受，也就是詛咒型的道具。不過，一聽就知道了吧，倍率很微妙。一般情況下，我才不想使用這種東西咧——但是！』

『……但是什麼？妳說啊！』

『不錯嘛，魔王大人，個性好強才有征服的價值！呀哈！……沒錯，在這裡出場的就是處刑人（我）的職業技能。「改造適性」——這個技能「能夠改造所有在ＳＳＲ裡獲得的道具」。對，沒有錯，這個「連結鏈甲」是特別訂製品。現在變成我受到傷害的兩百五十六倍會打擊在妳身上！』

『……！』

『哈！幹嘛啊，不需要這麼害怕吧？一瞬間就會掛了，反倒輕鬆多了吧！』

『不、不是……！』

鈴夏睜大紅眸搖了搖頭，處刑人居高臨下地看著她，可憎地扭曲起臉頰。我凝視她的手部動作，便發現那把偶爾閃現鋒芒的曲刀在割開鈴夏的衣服。那手勢看起來實在非常熟練，已經接近於習慣性動作了吧。

「可惡……鈴夏。喂，鈴夏！」

我用焦急的聲音不斷叫著她的名字。

鈴夏抿緊嘴唇一陣子，最後隨著一聲輕嘆，她無力地開口道：

『……做……什麼啦。』

「交換吧。妳的臉色很難看耶。在這種情況下，不可能想得到脫困的方法吧？」

『哼。說得好像你就想得出來一樣。』

「至少我的腦袋絕對轉得比現在的妳還快啦。所以快點跟我——」

『我不要！』

「唔……為什麼啊？」

『抱、抱歉，垂水……不過，我是不會改變心意的。我不換。絕對不跟你交換身體。就算你擅自登入，我也會立刻把你趕回去。』

鈴夏的固執聲音從接著手機的喇叭傳出來。雖然她講得很堅定，但畫面上映出來的雙腳卻不斷在顫抖……無能為力的我只能微微咬緊嘴唇。

『——那麼——』

這時候，鈴夏緩緩抬起頭，用挑釁的語氣向處刑人說道：

『妳想要什麼？應該不是殺掉我這麼簡單而已吧？』

『嗯？哦，這是當然的。畢竟有「連結鏈甲」的作用在，無論何時何地都可以殺掉妳嘛，以順序來說的話，反倒留到最後比較好，因為我的目標是判官。』

『判官？』

『對啊。光是神官死掉，狀況就一口氣有所進展。要是不在這時候孤注一擲的話，我根本不會有勝算——就是這麼回事。所以在我的盤算中，既然妳有勇者大人的保護，沒那麼好殺掉，那就綁架妳充當擋箭牌，創造出通關的突破口後，再把判官殺掉。』

『……妳該不會是打算叫我做什麼吧？』

『呀哈！放心吧。妳只是單純的ｐｔ提供者（提款機）罷了。因為判官那混帳似乎有付ｐｔ給追跡者，一直在使用潛伏技能。所以目前沒法用一般方法來找人，必須把效力高的偵查道具一個一個買來試了。』

大概是肯定自己占有壓倒性的優勢，處刑人滔滔不絕地講著自身計畫。

藉由對魔王施加「分擔傷害（連結鏈甲）」的詛咒來封鎖勇者的動作，再利用服從於自己的魔王來殺掉判官——這個戰略確實很合乎邏輯。由於稍微掙扎就會受到即死等級的反彈傷害，所以鈴夏連些微的抵抗都不能做。

『——不過，如果這樣還是行不通的話，我就得祭出「最終手段」了。』

『最終手段？——妳的意思是，如果使用高級道具也找不到判官的情況下吧？妳打算怎麼做？連位置都不知道的話，想打也沒辦法啊。』

即使身陷絕境，鈴夏不知何故還是用謹慎的語氣不斷提問。

於是，我終於察覺到一件事……她的眼睛看似注視著處刑人，實則不然。不知出於什麼緣故，「她正看著畫面另一端的我」。而且，說起來，鈴夏從剛才開始就一直在發問。她難道是在「爭取時間」嗎？明明嘴上一再拒絕，還是多少對我抱有期待嗎？

「……唔。」

既然如此——「我沒有不採取行動的道理」。

真的沒有能夠打破現狀的手段嗎？只要能夠突破處刑人，管他技能、道具還是ｐｔ，用掉什麼都在所不惜。我鉅細靡遺地回想從ＳＳＲ開始到現在的記憶。雖然「強制徵收」在這種時候派不上用場，但總不可能完全無計可施。「連結鏈甲」。分擔傷害的詛咒。對付這一點的唯一解答。

「啊，這麼說來……我記得……」

——有了。

隨著突然轉動起來的思緒，我抬起右手輕輕地放在光滑的後頸上。是的，絕對錯不了。「這樣就能一舉推翻現狀」，強硬地改寫這種垃圾發展。

「好……」

我一邊喃喃說著，一邊將意識拉回ＳＳＲ。處刑人原本還在吊胃口，遲遲不回答鈴夏的問題，正好在這時候開口說道：

『連位置都不知道的話，想打也沒辦法？呀哈！這可未必啊，魔王大人。』

『……什麼意思？』

『很簡單——「我已經僱用了最優秀的黑客」。就算斯費爾再怎麼厲害，攻擊終端裝置的話，一定還是會有漏洞啊。這樣就可以竊取到判官的個資。呀哈，只要進行到這一步，之後就用不著擔心了。威脅誘騙監禁施暴，這類非法力量在這種時候可是很方便的。好好用妳們那愚蠢的腦袋思考吧！我管他勇者還判官，如果在ＳＳＲ世界沒辦法出手的話，在現實世界幹掉不就好了嗎！』

『…………！這、這種……這種事情！』

『覺得我沒教養？邪門歪道？還是卑鄙無恥？不，妳想錯了，我是狡猾！能用的東西就拿來

用，這有什麼錯？鑽規則漏洞有什麼錯！呀哈哈，盤外戰術簡直好極了！反正ＳＳＲ也不過是一場遊戲罷了！』

處刑人帶著堅定的意志大聲叫囂。她恐怕不是來到ＳＳＲ（這個遊戲）才產生這種思維的吧。在之前的遊戲中，她一定也是靠相同的方法來擠進前幾名。

『……住……手……』

鈴夏在她的臂彎中被曲刀抵著，現在已經完全垂下了頭。淡桃紅色長髮輕飄無力地垂落下來。透過瀏海間隙，可依稀看到那雙鮮紅色的眼眸睜得比誰都還要大。

那模樣，令我想起之前在春風身上看到的「絕望」——

「…………要交換了喔，鈴夏。」

思考迴路的某處完全燒斷，我連鈴夏的回答都沒聽，就衝動地點擊了ＳＳＲ的登入圖示。

#

處刑人——她告訴了我一個好消息。

ＳＳＲ是大亂鬥世界的遊戲，正因為「不過是一場遊戲罷了」，所以沒辦法捨棄與現實世界的關聯。它不是完全獨立的另一個世界。既然如此，「我也沒必要把思維拘束在遊戲裡面」。

沒錯，我多少得感謝一下她。那個ＧＭ要推行的，一定就是這種將「策略」攻破到體無完膚所必須具備的觀點……不過，該怎麼說好呢？

若要因此饒過處刑人（那傢伙）的話，又得另當別論了。

視野在一瞬間切換。

登入ＳＳＲ的那一刻，我感覺到脖子上有冰涼的異物感。與此同時，也發現有一股超乎意料的強大力量壓制著身體。哥德蘿莉禮服被割得破碎不堪，早已失去衣服的形狀。

我差不多到極限了。雖然不曉得鈴夏剛才是什麼表情，但積累的水滴讓視野略顯模糊。可以感受到涼涼的淚珠滑下臉頰——因此——

「喂，處刑人。」

「啊？……妳這傢伙是怎樣？突然擺出反抗的眼神——」

「我有幾件事要告訴妳。」

「……哦？說來聽聽啊。」

我感覺到處刑人在我的腦袋後方淺笑幾聲。她握著曲刀的右手猛然施力，大概是想牽制我。呼吸變得有點困難。

但是，我絲毫不在意這種小事，而是微微揚起嘴角，無所顧忌地說道：

「妳的策略『只有這樣』嗎?」

「……啊?」

「喔,沒有啦,我不是瞧不起妳,就是一個很單純的問題……剛才那些真的就是妳的完整作戰計畫了嗎?如果是的話,那妳──『會不會太天真了點』?」

「──妳!」

「呃!」

我剛說完,那隻沒有握著凶器的手就狠狠地往我的太陽穴揍下去。頭痛到像要裂開一般……但這樣一來,我終於成功「從處刑人的臂彎裡逃脫出來了」。

我將手放在滴答流血的頭上,就這樣帶著挑釁的笑容盯著她。

「為什麼啊?為什麼到剛才那裡就打住了?既然將老子當成傀儡,就該在那個當下『搶走我全部的持有物品』吧?妳應該好好盡上全力才對啊。這部分的疏忽毫無疑問是妳的失誤。」

「持有物品?哈!還以為妳要說什麼咧!我的策略早就布置完畢啦。現在才說這個太晚了,一切都來不及了。絕對不可能在這時候出現什麼逆轉劇情啦!呀哈哈!」

「妳的笑法實在有夠吵的。妳剛才講的那句話,我現在原封不動地還給妳──『好好動腦吧,妳不是有腦袋嗎』?老是用那種扭曲思維的話,妳可就看不見遊戲的本質了啊。」

我不屑地這麼說道──接著──

「『解咒之印』。」

我緩緩抬起手放在「胸前的項鍊」上，說出了道具的名稱。

瞬間，「那東西」飄到半空中，開始散發出閃耀的光芒。純度無比高的銀才有的光輝，鮮明到令人眼花目眩。然後……啪嘰一聲。在最後奏出這道輕響後，轉瞬間便粉碎四散——於是——

『已使用道具「解咒之印」。「連結鏈甲」失去效力。』

「——什麼！」

處刑人這時才露出錯愕的表情。

「妳、妳這傢伙！為什麼會這麼剛好有解咒道具啊！」

「碰巧而已。真的只是碰巧，但誰教妳沒做好調查呢？」

「妳……混帳！混帳！臭傢伙竟敢一副游刃有餘的模樣！為什麼？為什麼我的完美計畫會敗在這種狗屎運之下啊！」

「…………『計畫』？」

我用隱隱帶著怒火的嗓音低聲說著，並往前踏出一步。而處刑人則相對地往後退了一步。我再前進一步，她又退了一步。

「我看妳好像有什麼誤會，所以先把話說在前頭好了——在現實世界擊垮勇者？我告訴妳，我和十六夜那種變態戰鬥狂老早就發現那種方法了啦。知道歸知道，但我們不會這麼做。」

「啊？為、為什麼啊？妳這傢伙，連這種時候都還想裝乖乖牌嗎！」

「才不是咧。因為那種方法已經脫離遊戲了。別說什麼規則漏洞或盤外戰術之類的，根本就『違反規則』了啊。妳完全沒有抨擊其他玩家的權利。這麼喜歡犯罪的話，乾脆一開始就去外面殺人算了，白痴。」

「……嘖！」

處刑人被我一步一步逼退到牆邊後，她嘖了一聲，以低姿勢瞪著我。接著，她豁出去似的重新握緊大型曲刀——倏然改變態勢，發著怪聲向我衝過來。

「呀哈哈哈哈！妳這傢伙該不會忘了自己一把武器都沒有吧？好啊，我不跟妳瞎扯了，就用這把刀子讓妳閉上那張狂妄的臭嘴！」

處刑人踩著石板路疾奔而來，同時厲聲如此喝斥著。

看著那個每秒都在逼近的身影，我只嘆了一口氣。

「……我說啊，妳才是忘了什麼事情吧？」

「啊？哈！妳到底是多瞧不起人啊？如果妳是指勇者的話，我當然記得很清楚啊！不過很可惜，這個巷子無論從哪來看都是『死角』——再怎樣的高手都不可能有辦法進行射擊啦！」

「喔，妳說的也沒錯啦……『一般情況下的話』。」

然而遺憾的是，那個勇者非比尋常。

『勇者已使用職業技能「自動存檔&讀檔」。』

「如同期待」的系統訊息顯示出來之際——我旁邊出現了一名玩家。那是有著嬌小身材與水藍色頭髮的少女——三辻。她臉上是一貫的面無表情，舉起狙擊槍後，連一瞬的時間都不浪費，在處刑人尚未意會過來而僵在原地時，不由分說就瞄準頭部開了一槍。

轟響，餘音，而後歸於寂靜。三辻小織轉頭看我。

「我應呼喚前來了。」

「…………這是怎樣？」

聽到她用淡然的嗓音說出這句話，我失去全身力氣，不由得當場癱坐在地上。

儘管我已經有所預料……但這個勇者真的太作弊了。剛才那種異常之舉，應該是「藉由殺死自己來達成職業技能的發動條件，然後立刻復活到我旁邊」——即是利用無敵的復活技能的強行移動方法。乍看之下很荒謬，但以當時的情況而言，這麼做確實最有效率。

我「唉」地輕嘆一口氣，並看向三辻。

「抱歉……多虧妳來得即時。不過，妳應該也不是特地跑來救我的吧。」

「嗯，對。這是利害之一。所以用不著道謝……先不提這個了。」

「嗯？幹嘛？」

「…………」

三辻目不轉睛地凝視著我，一語不發……「又來了」。三辻之前做了幾次類似的行為。那雙無色眼眸彷彿是試圖從我身上找出「什麼」。而她的淡然表情上，寄宿著一絲擺盪不定的「某種神色」。

三辻像是想說什麼似的開口，然後閉上，接著又張口，但還是閉了起來。

「……沒什麼。」

到頭來，她只說了這麼一句，便踩著搖搖晃晃的腳步前往不知何方。

#

『勇者已擊破處刑人。』

全體紀錄顯示出如此平淡無奇的訊息之後，經過數刻。

我心懷感恩地收下處刑人遺留的曲刀並「收藏」起來，接著觸碰終端裝置的投影畫面，微微地偏過頭。

「通訊失敗……？」

畫面中央顯示著這行文字。我因為擔心鈴夏的情況而想跟她取得聯絡，但終端裝置始終連不上她那邊。

「……嗯。沒辦法了，不能通話的話，那就傳個訊息看看吧。」

我原本摸著後頸的手再次放在終端裝置上，點擊通話畫面旁邊的圖示。

雖然有幾件事情想問她……但總之先問這個。

『妳沒事吧？我看妳好像受到不小的驚嚇。』

鈴夏在與處刑人一問一答的途中，樣子變得很奇怪。她臉上的絕望，看起來不單純只是因為殺意迎面撲來而產生的。我想剛才那場戰鬥中，可能有某種東西觸碰到了她的「隱情」。一種她絕對無法視若無睹的東西。

我就這樣抱著有點煩悶的心情打算關掉畫面——就在此時……

『——噯，垂水。你想通關這個遊戲對吧？』

「咦？」

看到突然顯示於終端裝置的這條訊息，我不禁皺眉。

這算是……回覆嗎？不，至少前後文完全沒有連貫。此外，也許是因為這句話不是用說的，而是用寫的，她以往那種歡鬧的情緒徹底被削弱，甚至有一種嚴肅的感覺。

「…………」

心頭的一絲疑問令我瞇起紅眸，慢慢地輸入回覆。

『嗯，是啊。既然都參加了，那就得攻略（通關）才行嘛。』

『這樣喔……嗯。』

『妳「嗯」什麼啊？妳一個人想通也沒用，我還是完全搞不懂耶。』

『這是當然的呀。說到底，我又不想讓你懂。啊，不過最後讓我說一句話吧。』

『嗯？幹嘛啦？……是說，妳講「最後」到底是——』

『我果然還是很討厭你。』

——從這裡發生的變化格外緩慢，看起來像是進入慢動作模式。

我明明沒有做什麼操作，視野卻逐漸模糊，世界暈染開來，進行切換。熟悉的校舍、中庭的長椅、獨自坐在這裡的我。不知何故，制服褲子上有好幾顆「淚珠」滴落的痕跡。

「咦……為什麼，我……」

「強制登出」——不，正常來講的話，應該是隨著剛才那道宣言，「鈴夏擅自登入了」。

我用衣袖粗魯地擦掉眼淚後，連忙啟動手機。接著，我連按了好幾次ＳＳＲ的圖示，想辦法嘗試登入進去……然而，畫面上只顯示出「現在無法進行這個操作」，我的「內在」沒辦法飛進ＳＳＲ裡面。

「話說，這次別說通話了，連傳訊息也不行啊。」

我嘆著氣關掉手機，躺在長椅上仰望天空。

「搞什麼啊……真是的。」

這情況儼然就是擔心已久的事情終究還是發生了。雖然我不曉得自己哪裡得罪了她，但像這樣單方面地被隔絕在外，我便沒辦法主動取得聯繫。我們這種扭曲的共存關係，正因為扭曲，才會如此輕易地遭到撕碎。

——說起來，和當時有那麼一點像。

被拒絕當互換身體的對象後，我腦中閃過的，是春風在ＲＯＣ中採取「妨礙登入」的事情。

仔細一想，我上次和這次都被電腦神姬給趕出遊戲了。

但是，這兩次看似相同，卻完全是兩回事。春風是為了保護我而自願選擇遊戲世界，但鈴夏是抱著明確的敵意把我「關在現實世界裡面」。

那麼，她的理由是什麼？敵視我的根據在哪裡？

回想起來，她的行為打從一開始就很奇怪。誇口說自己很期待ＳＳＲ舉行，但實際上並沒有多興奮，也沒有認真進行遊戲的意思。不僅如此，她還老是在阻撓我，簡直像是「怕遊戲被我通關」似的。

「…………」

我一邊躺著，一邊將右手放在後頸上。然後在閉著眼睛的情況下專心思索。

恐怕——鈴夏的「隱情」與SSR的GM有關吧。

若真是如此，「她所懷抱的問題絕對不是我能處理的」。

「……不過，這也當然。如果她能感受到一點可能性的話，應該會像春風一樣說出來，仰賴我的協助。但是，她沒有這麼做。那傢伙大概被徹底拘禁了起來，我根本無從出手。」

我刻意說出不願承認的事實。不知不覺間，原本氣餒垂下的左手緊緊握起。

——喂，這樣下去真的可以嗎，垂水夕凪？

「當然……不可以啊。」

我想救鈴夏。

儘管她沒有拜託我，也沒有依賴著我，但我還是想救她。她即將被「某種東西」摧毀，卻沒人伸出援手，而我自作主張地想要把她硬搶過來。

為此，我能做的事情……果然還是只能「通關這個遊戲」了吧。在「Selector of Seventh Role」七個職業之中，被選為「魔王」的我，使命就是打倒無敵的「勇者」。

勇者的能力宛如銅牆鐵壁。「自動存檔&讀檔」——形同作弊的完美自動復活能力。相對之下，魔王的「自動徵收」是可以搶奪任何持有物品的技能，但目前偷到的頂多只有勇者的內褲而已。至少乍看之下完全沒得打。

不過，「我還是看得到，想像得到」。

資訊已經齊全了。至今為止的遊戲過程中，讓我感到在意的地方全都串連起來，清楚明白地揭開了ＳＳＲ的攻略步驟。冰之女帝——三辻小織的遊戲技術雖然是一道障礙，但只要跨越過去，應該就能直衝通關了。

然而，要實行這個計畫的話，「還缺少一塊拼圖」。

只有一塊。就那麼一塊，卻不是我有辦法拼湊起來的部分。斯費爾這個敵人太過強大，導致我無論如何都逆轉不了「那一點」，再這樣下去的話，我毫無疑問會敗北。

因此——

「…………可惡……真不爽啊。雖然很不爽，但也沒辦法了。」

我從長椅上站起身，嘴上嘀咕著詛咒般的話語，並從口袋裡拿出手機。接著，我先拜託春風「幫個小忙」，再點擊電話簿裡為數不多的一個號碼，一邊深呼吸，一邊撥打過去。

對方立刻就接起來了。

♭

我是電腦神姬二號機——是個「失敗品」。

就是這麼一回事。

啊，別誤會了，雖然這種話不該由我來說，但性能本身應該並不差。繼發現Enigma代碼後立刻做出來的一號機，由「那個人」……朧月詠帶著競爭意識設計出來的二號機。不僅具備電腦神姬皆有的人類感情，在電子干涉能力方面更是傑出——等等諸如此類的。

但儘管如此，我……

從製作原委來看，我本來就是一號機的劣化複製版，完全不可能超越原版，而且經常發生故障，要是不接受定期維護的話，連存在本身都很危險，因此總是給那個人帶來麻煩——就是這樣，似乎是百年難得一見的廢物。

啊哈哈。能相信嗎？聽說要是那個人不在的話，我連三天都活不了喔。

而之所以變成「這種情況」，也不是那個人的能力有問題，僅僅是因為我天生就是個爛渣的緣故。

是吧？

真的……很荒唐對吧？

但是再怎麼荒唐，對朧月詠來說，那就是現實。他是斯費爾幹部的一員，上進心超級強，心高氣傲，又自稱為天才，會把「我不可能犯錯」當作口頭禪一樣掛在嘴上的一個人。

由於他是這樣的人……所以我想，他才會無法忍受有人搶先完成了電腦神姬。他用對抗的心態把我做出來，但因為太急躁而導致構造上漏洞百出，其實那個人根本沒有能力去運用來歷不明的Enigma代碼——結果便誕生出如此「不中用的廢物」。

沒錯，廢物。

內行人只消一眼就看得出來，就是個全身上下東拼西湊的破爛人偶。

好不容易做出來的我卻是「這副德性」，朧月詠顯而易見地非常沮喪，還用尖銳的言詞痛罵了我一頓。然後——到頭來，「他打算當作沒這回事發生」，決定把我關進小小的、小小的封閉世界（遊戲場域）。

從斯費爾與世界中孤立出來，誰也不會造訪的孤獨世界。

我被隔離在那裡……已經是「將近兩年前」的事情了。

啊哈哈。從那之後，我每天的日子幾乎跟地獄沒兩樣。在熱鬧卻無人的城裡有氣無力地走著走著，就這樣度過了一天，然後日復一日，幾百天都是如此。

其實也是有活動的。畢竟，我每三天就必須讓那個人維護一次。不得不見那個人——在斯費爾的「真正」天才們包圍之下，不斷積累怨氣的朧月詠。

那個人總是掐著我的脖子，用陰沉的眼眸說這些話。

——妳這個廢物。

——在我的經歷上留下汙點的最爛最糟失敗品。

——全都怪妳，因為妳是個一無是處的爛渣，害我也要被那些傢伙嘲笑。別開玩笑了。我可

是天才，遠比那些傢伙厲害多了。

——結果卻……被妳給毀了！

啊哈哈。「那就殺了我呀」——我不曉得自己這麼想過幾次了。簡單來說，我就是奴隸，讓那個人發洩焦躁情緒的便利工具。像我這樣的缺陷品，到頭來只能做到「這一點（當出氣包）」……開什麼玩笑啊，是你把我做出來的耶。

不過——轉機在三個月前突然來臨了。

ＲＯＣ——正式名稱為Rule of casters的意外性落幕。雖然對斯費爾而言，這只是「一場地下遊戲結束了」，但對那個人而言，並非如此。朧月詠認為ＲＯＣ以那樣難看的方式收場，等同於「天道白夜的敗北」。連親手撫養長大的電腦神姬都被奪走，是完美到可笑的戰敗。

因此，那個人八成是這麼想的——

只要擊潰讓天道敗陣的垂水夕凪，就能證明自己比天道更「強」。

……受不了。

一直都覺得他是個蠢蛋，但那個人遠比我想的還要蠢上非常多。

但是，即使腐敗，他好歹也是斯費爾的幹部。決定方針後的行動力非比尋常，從這裡開始的事情幾乎都如他所願地進行了下去。「煽動」斯費爾先進技術開發部門第三課，「調換」預定舉辦的下一個地下遊戲。

而「調換過來的遊戲」就是Selector of Seventh Role——以他給予我的封閉世界為舞台的地下遊戲。

在ＳＳＲ開始的前一刻，那個人把我叫過來，說了這些話。

——喂，爛渣。我給妳一個機會。

——ＳＳＲ馬上就要舉辦了，妳也要以玩家的身分參加。

——如果妳能夠贏得勝利，我就把妳從這個封閉世界放出來。當然，如果輸的話，還是維持現狀，沒有任何對妳特別不利的條件。這是我能做到的最大讓步。

——真是的，感激涕零吧，廢物(垃圾)。

他這麼說。啊哈哈，真的很有趣，可笑到我都要流淚了。只要贏的話，就讓我從這個世界出去……這是怎樣？腦子沒問題嗎？我沒有維護就活不下去。就算從這個世界出去了，這件事也毫無意義。

可是——儘管如此，我還是很高興。

畢竟，這裡原本只是個封閉世界而已，卻要變成遊戲舞台了喔。不會只有平常那些ＮＰＣ，具有自我意識的玩家都會進來這裡呢。這種事情太棒了吧。我兩年來都在這個閉鎖的世界裡過日子，對我而言，這樣的想像如同毒品一般，既強烈又迷人——正因如此——

「我的願望就是盡可能拖長遊戲時間」。

僅僅是這樣而已。

通關遊戲這種事情，我打從心底覺得無所謂。不對，倒不如說，「我根本不想通關」。但是，也不能讓別人攻略成功。既然無論輸贏我都必須回到原本的生活，那我就不會讓這個遊戲結束。

因為這個緣故，我決定在ＳＳＲ開始後，立刻拚盡全力妨礙其他玩家，同時慢慢地、好好地享受遊戲。

在這個差不多開始讓我心生留戀的狹小世界，努力地去玩樂。

話說，ＳＳＲ真的很棒喔。能收到邀請函的，只有斯費爾開始舉辦地下遊戲之後，在收集的資料中名列前茅的人而已。我為了擬定對策而逐一進行調查，結果全都是留下不得了戰績的玩家……於是我有點興奮起來了。感覺會玩得很開心，一直很期待。

當然，在所有人之中，我特別注意到的是「那個人」。

垂水夕凪——將Rule of casters徹底攻破的玩家。因為被那個人視為眼中釘，想必是個相當有實力的人。正因如此，我才會想出各種作戰方式，避免遊戲被他輕鬆通關，只不過……啊哈哈。

沒想到我會「變成」他，這實在有點出乎我的意料。

坦白說，我很慌。除了那個人之外，我本來就幾乎不曾跟其他人接觸過，也沒聽說會突然以這種反常的方式遇到其他人。應該說，我很傷腦筋。還因為實在太震驚、太混亂，我忍不住在鏡子前面一直摸臉……嗯，觸感有一點粗糙。

但是，仔細一想，這次的「交換身體」對我來說也正好。畢竟，如果我就是這個人的話，不需要費多少工夫就能妨礙遊戲進行。最起碼比起不知道躲在哪裡的強敵，這樣簡單太多了。

沒錯，我心中某處暗自竊喜著……原本是如此才對。

——我沒算到的，是「我自己的感情」。

一定是因為那個人害我嚐到太多苦頭，我才會變得軟弱至極。垂水提議我去「另一邊的世界」讓我開心得不得了，光是和垂水、春風還有雪菜說話，我的內心深處就好像有股暖流湧出來似的。

所以……和垂水一起進行遊戲讓我非常非常開心。

與此同時，我也非常非常「痛苦」。

有時間限制的幸福，暫時的幻想。是的，我從一開始正是期望著從遊戲裡得到「這個」。因此，受傷是不合理的。我明明清楚這一點。

但儘管如此，這個夢卻有點「太過真實」了。耀眼到我不禁以為是真的，近到我不禁以為伸手就能觸及。

於是，我產生了誤解。

我誤以為……垂水讓我看到的幸福，是我也能夠獲得的東西。

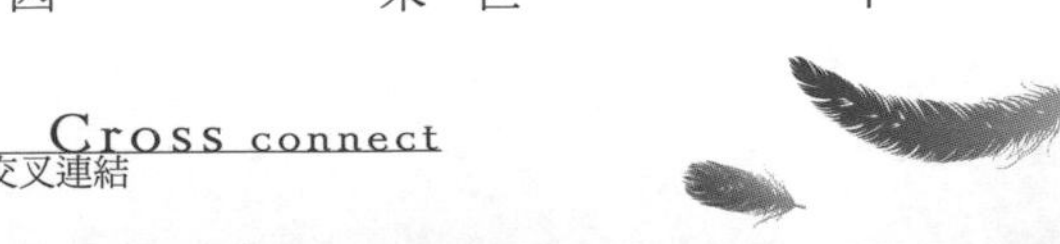

啊哈哈，我真笨呢。就算現在再開心，「一旦遊戲結束，我又會變回一個人」。我竟然玩到連這件事都忘記了。像個笨蛋似的歡鬧、玩樂，然後在聽到「處刑人」那番話後，一口氣從夢裡被拉了回來……沒錯，就是這樣。這個世界終究是遊戲，並非現實。現實世界的幸福絕對不是我這種身分可以抓住的。我察覺到了這一點。終於想起來了。

所以，我覺得很討厭。

垂水不時讓我看見自己絕對得不到的幸福……我實在討厭死他了。

——做完定期維護後，我帶著遍體鱗傷的身體回想著這些事情。

「唉……我到底在幹嘛呢？」

我將搖搖欲墜的身體靠在石牆上，先使用共通恢復技能「治療」。今天的暴行比較收斂一點，所以這麼做幾乎就痊癒了。而且和「前天」不同，這件衣服的慘狀是處刑人造成的，不用擔心垂水會起疑……我有點討厭對這種事情感到慶幸的自己，便朝留著粉紅色頭髮的腦袋捶了一下。

接著，我微微垂下頭。開始思考遊戲的未來。

才剛開始沒多久的Selector of Seventh Role——ＳＳＲ，卻早已準備要迎接最終局面。由於神官與處刑人退出，導致革命家確定聽牌了。此外，追跡者似乎也因為採取巧妙的ｐｔ戰略，像是

將潛伏技能借給判官等等，讓持有pt大量增加。儼然有突破９０００大關之勢。

「我是不是哪裡做錯了？」

我用昏昏沉沉的腦袋回想ＳＳＲ……我確實一直有在妨礙垂水賺pt吧，嗯。讓垂水夕凪這名最強玩家用盡全力攻略遊戲，而他本身的通關進度則由我來阻撓。遊戲開始前想好的作戰方式都有好好實行。所以，單純是因為「這樣依然沒用」罷了。

「如果，如果打從一開始就把一切告訴垂水……不對。這是不可能的。」

啊哈哈。我一邊乾笑著，一邊用空虛的眼神注視已經和另一邊的世界切斷連線的終端裝置。這個終端裝置絕對不會再接到任何來電。

而且——「拖延」也差不多到極限了。既然出現了即將通關的玩家，窺視其他人的動向也沒意義了。馬上就會爆發ＰＶＰ吧。

然後，ＳＳＲ會結束。與此同時，我的短暫幸福也將落幕。

「可是……嗯。真的玩得很開心……所以這樣也好吧。」

我背靠著石牆，緩緩滑落到地上，並獨自如此喃喃自語著。

……其實一點也不好。

雖然和垂水度過的那幾天很開心，正因為很開心，我才想要一直沉浸在那樣的美夢裡。但是，我知道這是不可能的。因為心知肚明，才放棄繼續接觸。要是接觸的話——那樣會更令人感

到空虛。

「啊哈哈。更何況，不管我放不放棄，遊戲都會自行結束。既然如此，那乾脆——」

「——沒有那種事情。」

「…………咦？」

當我自暴自棄地獨語時，突然插進一道非常失禮的聲音，我不由得眨了眨眼。然後，我立刻察覺到了。不知何時開始，一名擁有華麗金髮的美少女正喘著氣站在我面前。

「呃，請妳……那個，等一下……呼呼！」

她雙手撐著膝蓋，呼著氣調整呼吸一陣子後，抬起那張滲出些許汗珠的臉龐，溫婉地微微一笑。

「謝謝妳，我平復下來了……耶嘿嘿，有點不習慣耶。ＲＯＣ那時候是別人在找我，現在變成我來找人，總覺得有點新鮮呢。」

「呃……？」

「不過，我找到妳了。成功找到妳了。」

用真誠的眼神注視著我，並說出這番話的——是春風。

她是電腦神姬五號機，據說是垂水透過ＲＯＣ從天道白夜那邊搶過來的。對於她的境遇，我本來很羨慕，甚至可以說是敵視。但不知何故，光是待在她身邊就會覺得很舒服，完全沒辦法討厭她……就是這樣一個神奇的女孩子。

她就這樣帶著不設防的笑容，繼續說道：

「妳這樣不行喲，鈴夏小姐。在這種時候放棄太可惜了。是說，我在ＲＯＣ也一直在逃避，沒什麼立場講這種話就是了。」

「等、等一下……妳為什麼會在ＳＳＲ啊？太奇怪了。能連進這個世界的，只有在地下遊戲獲得高度評價──」

「耶嘿嘿，是的。所以我『耍了一點詐』。使用電腦神姬五號機的能力，改寫我本身的設定……其實我現在暫時是個身經百戰的超強玩家喲。」

「哦……這麼說來，妳確實有這種能力。」

儘管我理解了，但也發現自己的聲音漸漸僵硬了起來。明明知道自己沒有理由拿春風出氣，卻脫口盡是刻薄的話語。

「……哼。就算如此，我的想法還是不會變。再說，妳到底懂什麼啊？別說放棄了，我原先就沒打算要抵抗啦。打從一開始就沒有起步。」

「所以我說沒有那種事情喲。沒有的。畢竟，不是有夕凪先生在嗎？不是有那位夕凪先生在

嗎！」

「那又如何……！真是的，妳對垂水的絕對信仰是怎麼回事啦？我告訴妳，我知道垂水是個很厲害的遊戲玩家。但是，要我說幾次都行，那種事情怎樣都無所謂啦。與我何干！就算他通關SSR也沒有──」

「咦？那、那個，不對喔，鈴夏小姐。」

「──意義……春風妳是怎樣？為什麼說我不對？」

春風突然打斷我的結論，一臉疑惑地偏過頭。

接著，她不知怎的得意似的挺起胸脯，豎起右手的食指。

「耶嘿～不對喲。夕凪先生並不是什麼很厲害的遊戲玩家。啊，沒有啦，當然他的腦筋轉得非常快，也確實是個實力頂尖的參加者……但這些一定不能代表夕凪先生的『本質』。」

「……所以是什麼？」

「耶嘿嘿，這個嘛。」

春風說到這裡，暫時打住了話語。然後，她猛然將臉湊近我，眼神開始亮晶晶地發光，彷彿準備秀出寶物似的。我承受不住那壓倒性的熱情，往後一退，但她毫不在乎，不斷拉近與我的距離。

接著，她低聲說了一句話。

「那就是——『執念』。」

即使我保持沉默，什麼都答不出來，那溫柔的話語依然繼續說了下去。

「夕凪先生不會放棄。就算遇到挫折，也『絕對不會放棄』。他在ROC救我的時候也是這樣。居於劣勢或瀕臨危機都無所謂，直到最後一刻，他都要『逞英雄』。」

「……但是，那是你們兩個之間的事情吧。我一直以來都在妨礙垂水耶。他肯定不會回來SSR啦。」

「我說呀，鈴夏小姐。妳真的真~的是這麼想的嗎？」

春風露出有點使壞的眼神，我則一時語塞而移開視線……其實我不太這麼認為。不管我做出什麼事情，感覺垂水到頭來還是不會捨棄我。

「……耶嘿嘿。」

春風見到沉默下來的我，便又微笑了一次——然後彷彿祈禱似的雙手十指交握。

「一下子就可以了，請妳聽聽夕凪先生想說什麼。好嗎，『姊姊』？」

#

黃昏時分，西曬的強烈陽光刺得眼睛發疼。

我被叫到市郊大樓的一處室內，與「某個人物」正面相對。

「他」沉默著，表情因為逆光而看不清楚。但是，至少我不覺得會是好心情。與我一同前來此地的瑠璃學姊——這個人現在還是一樣，離開學校就是個穿著連帽上衣的黑髮貧乳可疑人士——她在我背後待命，同樣狀似待得很不自在般，一副心神不寧的模樣。

「（喂，我說你啊。突然跑到這種地方到底想幹嘛啦？）」

「（咦？哦……抱歉，學姊。因為解釋起來很麻煩，總之妳就吃妳的糖果，當作是在看熱鬧吧。）」

「（……總覺得你最近對我的態度變得很沒禮貌耶。不過糖果我會吃就是了。）」

學姊慢條斯理地從連帽上衣的口袋裡拿出棒棒糖，像平常一樣含在嘴巴裡。我一邊用背部承受著她的抗議眼神，一邊重新面對「那個人物」，深吸一口氣後，簡短講出一句話。

「——我有一件事要拜託你。」

「…………」

儘管男人仍舊沒有改變態度，但露出些微不解的神色，皺起了眉。的確，只講這樣的話，不可能表達出我的意思。於是我繼續說道：

「首先——」

就在此時，突然響起一道怪聲，撕裂靜謐的空間。

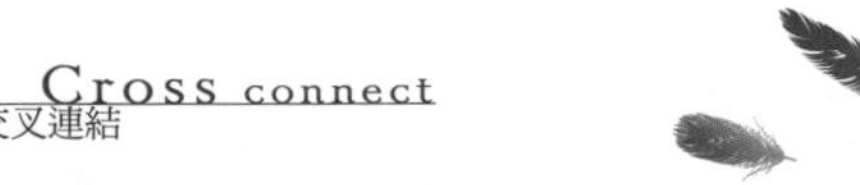

還以為是什麼，結果是手機在振動。含糊不清的聲音在口袋裡嗡嗡作響。畢竟現在是這種情況，就算忽略掉也無妨……但眼前的男人用下巴指了指，像是在說「快接」。

所以，無可奈何之下，我將手伸進口袋後，拿出手機貼在耳邊。

「喂？」

『啊，喂？夕凪先生！』

「……春風嗎？怎麼了？」

『呃……就是呀，我照夕凪先生說的登入遊戲世界，想辦法找到鈴夏小姐了……可是，我好像不太有辦法說服她耶。』

「哦，所以是要我用電話跟她講嗎？」

『不是的，那個……雖然很難以啟齒，不過鈴夏小姐現在處於「鬧彆扭模式」。就算是用電話，她也堅持不跟你講話。實在非常固執呢……唔唔唔。』

「……那妳要我怎麼辦？沒辦法溝通的話，我也一籌莫展啊。」

『仔細聽好嘍，夕凪先生！我很努力地思考過，然後終於想到了喲。耶嘿嘿，這可是一招絕頂妙計呢——夕凪先生，你現在可以登入ＳＳＲ嗎？』

「咦？……已經可以登入了嗎？不是吧，假設真是這樣，最後也只是交換身體而已，又沒辦法見到鈴夏——」

「沒問題的！夕凪先生你別害怕，試試看吧。我認真起來也是很靠得住的喲！耶嘿！」

……老實說，我簡單不安到了極點。

儘管如此——不過，既然春風都說到這份上了，我就稍微配合一下吧。

「我知道了，現在就過去。」

我嘆了一小口氣，向眼前的男人和瑠璃學姊告知一聲後，便立刻點擊ＳＳＲ的圖示。

＃

「……原來如此，真是妙計啊。」

「咦？」

一登入進去，我說了這句話後，向我發出疑惑的聲音的並非春風，而是「鈴夏」。

我沒回答，而是仔細看著自己的身體。比鈴夏小一點的胸部、裝飾著大量荷葉邊的洋裝，以及宛如最高級紡織品、觸感舒服的頂級金絲。

錯不了的——「我目前在春風的身體裡」。

儘管這莫名其妙的現象讓我有一瞬間差點混亂了起來，但仔細一想，這件事很簡單。春風應該是使用電腦神姬的能力，將「垂水夕凪」的登入點改為春風自己，而非鈴夏。她以這種類似作

弊的策略，硬是讓我和鈴夏正面相對。

真是的，這位公主殿下還是一樣具備著不得了的行動力啊。

「妳、妳怎麼了啊，春風？」

當我露出無奈的苦笑後，離我稍遠的鈴夏就一臉奇怪地靠了過來……說起來，這是我第一次和她直接面對面。感觸真的是有點深。

「妳好像突然改變了態度……該不會是在氣我拒絕和垂水通話吧？」

「不，並不是這樣。我確實有點受傷，但跟這個無關。」

「嗯？妳生氣的話，我還能理解，但受傷是怎樣啊？真是莫名其妙。再怎麼說都和垂水同步得太嚴重了吧。」

「同步嗎？……嗯，也沒錯。某方面來說是非常驚人的同步率。」

「咦？妳同意這一點嗎？我好歹是在挖苦妳耶。」

「沒有啊，畢竟我就是垂水嘛。」

「什麼啦，好好笑。」

這才不是笑話。

我嘆了口氣，決定向光顧著笑、不認真搭理我的鈴夏稍微說明一下情況。包含春風的設定變更能力，以及互換身體的對象改變一事。

鈴夏原本還看似游刃有餘，但聽著聽著，可以看到她的表情迅速發青。

「咦？所以……難道說，你是垂水？」

「我從剛才開始不就一直這麼說嗎？」

「唔………」

聽到我的回答，鈴夏沉默下來，微微顫抖著肩膀並垂下頭。她的表情藏在長長的瀏海後面，探頭窺看後，便發現她臉上浮現出類似迷茫的困惑與窘迫。也許是春風的遊說奏效了，至少她看起來並沒有強硬地拒人於外。

然而，下一瞬間——穿過我眼前的，是「映著陽光閃耀的尖刃」。

「嗚噢！」

「你……你幹嘛躲開啦？」

「當然要躲啊，妳打算殺了我嗎！」

「少囉嗦！少囉嗦少囉嗦少囉嗦！我不是說不想跟你講話了嗎！但你們現在是怎樣！我本以為春風個性溫順，卻沒想到會這麼強硬，根本聽不進我說的任何一句話！你又隨意在不同的女孩子之間換來換去，簡直樂得要命！」

「妳能不能換個說法啊？我可是因為交換身體而被一堆麻煩事纏身耶！」

「我管你喔！別說了，認命吧——等你死了以後，我再去自殺！」

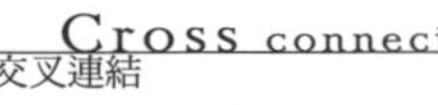

鈴夏喝斥一聲，猛然揮起曲刀——那把從處刑人身上搶來的凶器。

「嘖……！」

這時，我一邊拿捏時機，一邊靠近她，然後用力「伸出雙手」。接著，我將手掌放在哥德蘿莉裝所包覆起來的肩膀上，以正面緊抱的姿勢將她拉過來。

「咦？——呀啊！」

鈴夏小小地叫了一聲，身體失去平衡，往我這邊倒了過來。她一頭栽進春風的胸部裡，粉紅色的髮絲輕柔地散開來。她為了調整紊亂的氣息而沉默了一會兒，但很快便抬起頭，用帶著一點水光的紅眸看著我。

「什麼嘛……所以你不願意白白去死嗎？真是個惡魔耶。」

鈴夏每一句話的吐氣都吹拂到我臉上，我事到如今才察覺到這個姿勢有多不妙。撇除掉她手上的凶器不看，以構圖而言，這完全是纏綿親熱的百合情侶啊。不管甜甜香氣是從誰身上發出來的，總之幾乎要麻痺了我的思考。

「才、才不是咧……話說回來，自殺未免也講得太誇張了吧。就算是電腦神姬，遊戲內的死亡也不等於消滅。像春風在ROC那時候受盡威脅，但也確實設定了『在遊戲內被殺掉「之後」的任務』啊。」

「……因為那是春風呀。」

「咦？」

「我的意思是，『以春風而言』必定是如此……她是那個天道白夜所製作的最新型，為了因應各種狀況，身上應該設有人格再生和防衛性能（Backup Protect）等等。從這方面來看，絕對不會發生春風遭到消滅這種事態。可是……『我不一樣』。」

「……不一樣？」

我用不解的語氣反問回去——但腦中某處也覺得「果真是這樣」。這時，在我懷裡的鈴夏，擠出了格外生硬的笑容。她想笑，但又笑不出來，於是呈現出彷彿因為恐懼與絕望而僵住的混亂表情。

「不一樣喔……啊哈哈，這是當然的嘍。」

接著，她猶如潰堤一般，將累積已久的情緒一口氣吐了出來。

「——因為我是『失敗品』！即使同樣是電腦神姬，我也完全沒有跟春風相似的地方，是個『廢物』啊！」

……鈴夏宛如慟哭似的，繼續她的「自白」。

她長期受到製作者朧月詠的虐待。她想脫離這種生活，於是以一種逃避的心態盼望著ＳＳＲ

舉行的那天來臨。對她而言，通關遊戲並沒有價值，她只拚盡全力去拖延遊戲的進度。

鈴夏擠著顫抖的嗓音，繞到我背上的雙手猛然加強了力道。

「真是的，趁這機會我就直說了。ＳＳＲ開始後，我一直玩得很開心。不管是在遊戲裡，還是在外面的世界……做任何事情都很有趣。可是！

『那個』是我絕對不會得到的虛假幸福！

簡直像是要讓我體會到一件事——從你們的世界來看，即使ＳＳＲ曾經是我的一切，但也不過是個狹小的虛構世界。

真的別再這樣了……這個遊戲結束後，我又得一個人留在這裡。既然如此，我根本不想知道有其他世界。畢竟一旦知道了，即使我在ＳＳＲ（這裡）再如何高歌自由，那也只是徒增空虛而已啊！

我需要的，僅僅是些微的療癒與一點點的逃避……我只是想讓視線從那個恐怖且連好好溝通都沒辦法的人身上，稍微移開一段時間罷了。

都是因為你讓我看見了幸福！你擅自讓我深深地沉浸在其中！

所以……夠了。別再蠱惑我了。已經夠了。我明白得不到的幸福是多麼殘酷的一件事了。請你負起責任，就這樣把我一人留下來吧。」

「…………」

「……垂水？噯，你在猶豫什麼？雖然我不清楚你為什麼想救我，但我本人都說不需要任何幫助了。放心吧，你沒有什麼好煩惱的。打從一開始……沒錯，打從一開始，我就沒有值得拯救的價值，只是這樣而已。」

鈴夏刻意專挑傷害自己的詞彙，以帶著哭腔的嗓音這麼說道。

我用左手扶著她的背——空著的右手則輕輕地放在後頸上，讓自己跟上開始慢慢轉動的思緒。

……我該思索的事情很多。鈴夏的遭遇、朧月詠的策略，還有這個只是以拖延為目的的遊戲，對她來說是時間有限的非日常。

廢物——鈴夏如此評價自己。不對，儘管我不知道她是否真心這麼想，但一定是長期耳濡目染下來所致。原本表現得那麼高傲自大的她，背後還藏著與表面完全相反的本質。

因為是廢物，所以需要定期維護。

因為是廢物，所以在ＳＳＲ內死亡就會直接遭到消滅（Delete）。

因為是廢物，所以沒有獲救也是沒辦法的事情。

「唔……」

我感覺到焦躁感在心中翻騰……唉，這種思維未免也太垃圾了吧。那個混蛋ＧＭ竟然使用這種類似洗腦的印痕作用，要是不給他致命一擊的話，我這口氣實在吞不下去。完全抑制不住這股衝動。

為此——是的，沒錯。

首先，必須讓這個任性的魔王大人有這麼做的打算。

「……我說，鈴夏。」

我跟她說話後，感覺到嬌小的身軀微微地顫動了一下。

「妳的主張我全都聽完了，而且也能理解……但是，我沒辦法接受妳因為這樣而討厭我，也搞不懂妳排斥我的用意是什麼。」

「你……為、為什麼啦！這不是很理所當然的結論嗎？你讓我看見不可能實現的夢想，做這種事情可是跟詐欺師沒兩樣耶。我當然會討厭你啊！」

「所以說是『哪裡』啊？……真是的，妳給我聽好了。」

我稍微彎下身子，將臉湊近鈴夏。兩人的額頭碰在一起，滑順的淡桃紅色髮絲與頂級的金絲相互交纏。這已經超越了極近距離，是連彼此的心跳聲都快要同步的緊貼狀態（零距離）。儘管如此，我還是一邊壓下羞澀，一邊繼續說道：

「妳打從一開始就在警戒我，怕我會通關ＳＳＲ對吧？這又是為什麼？」

「……這、這是……因為你……」

「因為我通關ＲＯＣ？還是因為朧月詠盯上我？如果是這樣的話，那麼——妳實在有點『把我想得太好』了。」

「……咦？」

「聽好了，鈴夏。我起初就是賭上妳而來挑戰這個遊戲的。打從一開始眼中就只有妳一人而已。讓妳看見希望的責任？別說蠢話了，並沒有人強迫我來參加這種低級的遊戲。我當然會負起責任啊。我要完美地通關這個遊戲，直到最後都不會出現一絲一毫疏漏。」

「——」

「所以，收回妳那些話。我聽了有點不爽——虛假的幸福？得不到手的虛像？開什麼玩笑啊，如果我是這麼想的話，一開始就不會讓妳看到這些啦。我是為了『搶走』妳才站在這裡的。既然妳最近一直很開心的話，那就不是什麼虛假，只是『預支未來』罷了。妳用不著客氣，儘管拿走。」

「唔……啊。」

看似強勢的紅眸落下了斗大的淚珠，鈴夏無力地抱緊我。

這也許是她第一次讓我看見「軟弱」的瞬間。

這也許是她第一次承認我是夥伴的瞬間。

——接著，幾分鐘後。

「呼……」

鈴夏看起來終於冷靜下來後，立刻將身體抽離我，用哥德蘿莉禮服的袖子擦了擦淚水，並做

了一個深呼吸。雖說已經冷靜下來，她的表情依然很混亂，完全不是能讓別人看到的狀態。

儘管如此，她浮現在臉上的毫無疑問是「笑容」。

在臉頰上殘留明顯淚痕的情況下，她露出無所畏懼的笑容。

「……很好。」

她用那雙紅眸窺探我的眼睛，然後裝腔作勢似的將兩手扠在腰上，用盡全力抬頭挺胸，也就是門神般的站姿——她這麼說道：

「既然如此，我也『不會放棄』。再稍微努力一下吧。」

「回答得很好。」

聽到她的回答，我忍不住露出不符合美少女的壞笑，輕輕摸了摸正好在眼前的鈴夏的頭。鈴夏沒有特別抗拒，只是臉龐染上紅暈，害羞似的撇過頭去。

「…………接下來……」

我心不在焉地望著她，同時「決定在心中靜靜地破口痛罵」。

——聽好了，朧月詠。那個比天道還要惡質的ＳＳＲ的ＧＭ。

你可能認為自己贏定了，但很不湊巧的是，我沒那麼容易死心。就算情況再怎麼差，就算勝率遠在小數點之下，在顯示出遊戲結束之前，我這個人就是沒辦法放棄任何一場勝負…………所以——

你就儘管洗好脖子等著吧。

『Selector of Seventh Role第四天進行中，中途情況。』

『魔王：1344pt。勇者：3900pt。革命家：2831pt。處刑人：退出。判官：1080pt。追跡者：9038pt。神官：退出。』

『職業勝利條件、進行狀況。』

『革命家：已達成神官、處刑人退出。剩餘一職——追跡者。追跡者：再獲得962pt即達成pt勝利。』

噯，我問你喔。

剛才那些話，你有幾分是認真的？

幹嘛突然問這個啊？……哪有什麼幾分不幾分，當然全部都是認真的啊。

如果要放棄的話我從一開始就不會參加了。

呃～我不是那個意思啦。仔細想想，你不是有說過這種話嗎？像是眼中只有我之類的。

那是求婚對吧？

啊……啥！

才不是咧，妳是笨蛋嗎！那種話只是順勢講的啦！是當時的氣氛和形勢使然！

你又講這種話～
呵呵，春風也有點在鬧彆扭喔。

話說回來，憑當時的氣氛和形勢就對女孩子求愛，你真的很差勁耶！

既差勁又花心——……可是……

？可是什麼啊？

……

雖然只有一點，但……

我很開心……謝謝。

…………這樣喔。

Aa

ｂ

勇者低垂著頭。

腦中只有一個詞語沒完沒了地重複著——違反規則。「魔王」譴責處刑人之際所說的這句話，現在也一直縈繞在內心深處。

……究竟——

究竟自己在做的，是否是遵守規則的行為。

就算「不是」——那又為何會讓自己如此痛苦？

甩了甩混亂的腦袋後，勇者狂奔了起來。

革命家勾起嘴角。

寄宿在那上面的是歡喜之色。他所盯上的追跡者持有ｐｔ超過９０００，而且彷彿連動效應

一般，「潛伏技能也解除了」。這次的地下遊戲接二連三地發生愉快的事情。

不用說，他沒有蠢到不回應如此熱烈的「邀請」。

儘管沒辦法與最強的勁敵交手，但這樣也正好。

革命家的喉嚨深處迸出咯咯笑聲，慢條斯理地踏出了步伐。

追跡者微微一笑。

神官遭到殺害後，她立刻轉為採取ｐｔ戰略，而成果相當豐厚。無論是買下奴隸和日僱型ＮＰＣ的人海戰術（打工）收入，還是租借潛伏技能給判官，所有策略都以加速度的形式讓持有ｐｔ不斷增加。使用「終焉」技能也不再是痴人說夢。

但是——對她而言，重點不是這個。

「他」馬上就要來了。為了阻止她獲得勝利。

這樣的期待與興奮讓追跡者陶醉地綻放笑容。

判官保持沉默。

從ＳＳＲ開始到現在，他只是一直在等待「那一刻」的來臨。

至於魔王——

#

回到現實世界和那個男人「交涉」完畢後，我再次以鈴夏的身體重新登入ＳＳＲ。

春風不在旁邊。我以為她一定會和我一起去，但她不知何故小小地嘟起嘴唇，拒絕跟我同行，說「我要陪在鈴夏小姐身邊！」之類的……不知道怎麼了。看到開朗活潑的春風對自己做出那種反應，實在令人滿沮喪的。我不記得自己有做什麼惹她討厭的事情啊。

不過——暫且不管這件事。

為了切換思緒，我決定透過終端裝置連上公布欄。

「公布欄：第四天十五點二十二分現在。魔王：１３９０。勇者：３８７７。革命家：３３２０。追跡者：９７２０。判官：１１２１。」

「……情況不妙啊。」

我不禁脫口說出這種喪氣話。

判官從遊戲開始後就幾乎沒有動作，連存ｐｔ的意思都沒有，總覺得蹊蹺得可怕……但最直接令人感受到危機感的還是「追跡者」。顯示出來的數字是獨占鼇頭的９７２０ｐｔ。就算只計

算自然增加的部分，大概不出五小時，她就會得到「終焉」技能。

「雖然我知道阻止的方法就是了……但有點猶豫。這麼做的話，ｐｔ可能會不夠用。」

如何行動才是正確答案？我全力轉動思緒，將右手輕輕放在後頸上。

這時，我面前——忽然「出現一名認識的少女」。

「——呼……呼……」

看起來穩重的短髮與嬌小的身軀。也許是因為全力跑過來的緣故，她喘得上氣不接下氣，臉頰也在泛紅。樸素的薄襯衫被汗濡濕，緊貼在肌膚上。

三辻小織。

她像是要阻擋我的去路似的張開雙手，就這樣凝視著我，微微啟唇說道：

「等一下。我……有一件事想問你。」

「……幹嘛啊？」

我用略為帶刺的口吻反問回去……看來她並不是不由分說就要找我進行ＰＶＰ。不對，說起來，「冰之女帝」是效率主義。如果她真的打算殺我，應該不會特地在我面前現身吧。

「有個問題，請你回答……『你參加遊戲的目的是什麼』？」

「咦？」

「啊，那個……呃……」

三辻可能是把我的反應解釋為「拒絕」，只見她彷彿辯解似的拚命搖著頭。

「……我知道。問這種問題很自私。可是……我很好奇。你幫了我，又試圖救『她』。不管是哪一個都是『多管閒事』，對遊戲沒有幫助，你卻積極地承擔了下來。一點效率也沒有，大概和我是完全相反的類型……不過，就是這樣我才想知道。你為什麼要做那種事情呢？」

「為什麼嗎……」

我低聲複誦她的話，然後輕輕交抱著雙臂，一邊甩開長髮，一邊思索了起來……她是在責問我的遊戲方式很沒效率嗎？不，她的口氣聽起來沒有責備的感覺。真要說的話——應該是焦躁吧。

「我不懂。」

三辻淡淡地繼續說道：

「明明這樣就可以了，明明『這個做法是正確的，卻跟平常不一樣』。好奇怪。絕對很奇怪。腦子裡轉來轉去的，好煩悶……一定都是你害的。」

垂下的瀏海半遮著眼眸，儘管無色，卻充滿強烈的光芒，目不轉睛地盯著我。

浮現在她眼底的是劇烈的「動搖」。恐怕出於某個因素，她體內接近中樞的部分正在搖晃吧。價值觀產生巨大的混亂。而她認為遊戲風格截然不同的我正是元凶。

若是如此，那麼……

「啊~……三辻，我說妳啊。」

「……什麼？」

「簡單來說，妳的意思是這樣嗎？妳就是所謂的效率魔人，在ＳＳＲ也遵從這個信念，執行『有效率的遊戲方式』。但是，妳始終覺得有哪裡不太對勁，所以很煩悶。」

「嗯，對。就是這樣。」

「那麼，這是我的想法，如果猜錯的話很抱歉……妳所謂的有效率的遊戲方式，並不單純是指『不拖泥帶水的高明手段』——」

說到這裡，我暫且打住了話語。

我仔細地回看著那雙透明的眼眸，將想到的「答案」說出口。

「——其實根本是『違反規則』吧？」

「唔！」

我如此斷定的瞬間，三辻瞪大了雙眼。她慌張地顫抖雙唇，身體搖搖欲墜，但還是勉勉強強地出言反駁。

「不……不是。才不是！不可能！我不會因為這種緣故而感到煩悶。只要能用有效率的方式獲勝，就算是盤外戰術我也照用不誤！」

「真的嗎？不是吧，我不這麼覺得。」

「唔……！為什麼你會懂啊！」

「問我為什麼……很簡單吧。」

三辻猛搖著頭……或許她是真的不明白吧。從我的角度來看，這是極其單純又愚蠢的事情，但她瞪著我的眼神也很認真。

這樣的話，也沒辦法了。

我擺架子似的嘆了一口氣，讓一頭粉紅色長髮隨風飄揚，然後對著三辻的臉用力伸出食指，並以半眯眼的眼神看她。

「——三辻，妳對違反規則感到抬不起頭沒有什麼好奇怪的，這是很理所當然的事情。因為妳……不僅是個效率魔人，更是個純粹的遊戲迷啊。」

「……咦？」

「咦什麼咦啊妳。」

「咦？但是，不可能。」

「不可能？我倒覺得妳那樣才不可能咧。畢竟……妳是『不敗戰姬』吧？光是這一點就很奇怪了。地下遊戲的報酬是『任何東西』，假如妳想要錢的話，在最一開始的那次得到足以好幾輩子不愁吃穿玩樂的錢財後，就不會再參加了。完全沒必要一直取勝，甚至還拿到『不敗』這種外號。」

「…………啊……」

三辻就這樣怔怔地半張著口。

這是我從十六夜那邊得知的消息——三辻至今為止所要求的「勝利報酬」都是金錢，而且頂多只有零用錢的程度而已。因此，有一段時期還被指責為「斯費爾安排的樁腳玩家」。

「如果妳連這一點都沒意識到的話，那正是決定性的證明。儘管妳滿口效率，實際上卻是在享受遊戲，所以不管幾次妳都會參加。而這次因為『耍了某種詐』，導致妳的樂趣減少，所以妳才會感到煩悶。」

「…………」

「……不過，話是這麼說啦，細節部分我不清楚就是了。但是，仔細回想起來，我和勇者（妳）第一次相遇實在太弔詭了。明明遊戲才剛開始沒多久，妳卻能掌握住我的所在地、職業等一切資訊。所以……我猜，應該是GM想擊潰我，便派妳來當刺客，沒錯吧？」

說完，我看向三辻——從剛才開始就不稱呼我為「鈴夏」的她。

……沒錯，我對勇者的行為感到奇怪的地方就是「這個」。追跡者和革命家在第一次遇到我的時候，都詢問了我的職業。然而，勇者卻直接跳過了這一步。因為「沒必要問」。她打從一開始就知道了。

三辻靜靜地垂著頭，暫時陷入沉默，像是在思考什麼似的。

接著——幾秒後，她小聲地吐露了一句話。

「……沒錯。完全正確。」

從瀏海間隙可窺見那雙透明的眼眸微微晃動後，看著我。

「ＳＳＲ開始後沒多久，一個叫做朧的人就聯絡我。『請勿在ＳＳＲ中途棄權』——這是任務。只要達成的話，就會給我遊戲報酬以外的酬勞。就是這樣的提議。

我當時覺得無所謂。畢竟光是參加遊戲就能拿錢的話，非常有效率。我喜歡有效率的方法……但是，並非如此。『不只是這樣而已』。

那個人要我做的，一定是『將你逼上絕境』。

因為——因為我知道！魔王的職業、技能、所在地和持有物品等一切的一切，『在我的終端裝置可以看得一清二楚』！」

「…………」

「……而且，他說不會干涉我的遊戲方式也是『騙人的』。一開始的攻擊結束後，他氣得要命，一直叫我等他下指令再殺你，但又要我不斷施壓……到頭來，我不過是個傀儡罷了。並不是我參加了ＳＳＲ，而是『被迫參加』。我想，他一定只是為了在魔王最恥辱的那一刻動手，才安排我伺機待命。」

「…………哦，原來如此。」

所以，三辻的「違反規則」，是在無視本人意願之下成立的吧。

她遵照遊戲以外的後設式契約，不對，是因為那個契約的相關「額外」資訊，而把魔王的資訊掌握得一清二楚。再加上勇者的職業技能宛如銅牆鐵壁，已經可以提前結束比賽，要輸掉反而還比較難。以效率而言，根本強上加強。

儘管如此——

「很奇怪。太奇怪了。『一點都興奮不起來』。完全不好玩。」

參加地下遊戲時總能感覺到一股揪緊胸口般的昂揚感，現在卻完全沒有。無為、無色、無感動。明明相信自己的判斷是合理且正確的，卻不知為何感到非常「無聊」。雖然自己也想不透為何會湧出這種心情，但總之一直在腦中盤旋不去。

不過——這也許是因為……

「經你這麼一說，我終於懂了……原來如此。因為『這個原因』，我才興奮不起來。都是這個原因……讓我感到無聊。」

三辻口中喃喃說著，並把手放在左手腕的終端裝置上。她就這樣帶著沉靜的表情將畫面投影展開在眼前，淡淡地繼續進行操作。彷彿祈禱，又似挑戰一般，那纖細的手指在虛空中躍動著——接著——

『勇者銷毀道具「月下誓言」。』

『「月下誓言」所訂立的一切契約皆失效。』

「……嗯。」三辻望著更新後的個別紀錄，看似滿意地微微點頭。

……那個「月下誓言」大概是將她和朧月詠連結起來的契約道具吧。丟掉這個道具的話，就表示她事到如今卻選擇放棄了報酬。與此同時，也拋開了身上的一切束縛。

這種沒效率的行為實在很不符合三辻的作風，我忍不住嘴角上揚，說道：

「這樣真的好嗎？妳一直以來都按照契約行動至今吧。一切都會化為烏有喔。」

「少囉嗦。閉嘴。追根究柢，都是你——呃。」

三辻一口回擊我的調侃，看起來有點火大地準備說些什麼，但她忽然打住了話語。

原本因為煩躁而瞇起的眼眸忽然張大，來回看著終端裝置和我的臉。

「咦？那個，這……ｐｔ。追跡者的……咦？」

「……妳該不會都沒發現吧？」

對於她過於後知後覺地指出這件事，我頓時無力地嘆了口氣……這傢伙大概是一陷入混亂就沒辦法注意周遭的類型吧。令人有點意外。進一步來說，盯著畫面感到焦急的三辻讓我覺得滿新鮮的，真有趣。

也許是對我的態度感到不解，三辻微微偏過頭，謹慎地開口說：

「你……你不在意嗎？現在已經達到９７３４了。」

「嗯？哦，當然會在意啊。就算能打倒妳，但要是被其他人搶先通關的話，就沒有意義了。」

「既然如此，你為什麼這麼冷靜？不管我和你是哪一邊打贏了——啊，贏的人應該是我就是了——勝負都不可能在接下來幾分鐘內結束。」

「沒想到妳很有自我主張嘛……不過算了。我之所以冷靜的原因？這還用說嗎？因為追跡者不可能獲勝啊。」

「……？」

三辻微微皺眉，我則賊賊笑著，如此斷定地說道。

——追跡者實質上「不可能」達成1000pt。

我會下這樣的結論，當然有憑有據。

首先，「十六夜弧月人不在這裡」。現在這個階段可以說是SSR的最終盤，那傢伙放著我和三辻不管絕對是異常事態。這其中一定有理由。對那個變態戰鬥狂來說，有「某種東西」優先於我們。

所謂的某種東西，也就是——即將通關SSR的玩家所發出的「挑釁」。

是的，絕對錯不了。「十六夜去阻止追跡者了」。

不，我當然不是光憑這一點就確定追跡者會敗北。雖然十六夜的遊戲天分我再清楚不過了，

但追跡者也是能力足以參加ＳＳＲ的地下遊戲老手。我推測不出兩者之間有多少實力差距。

……但是——

儘管如此，我早就知道一件事——只要追跡者打算靠自然增加來湊滿剩下的ｐｔ，她就絕對不可能獲勝。

「對吧？那就拜託啦。自稱天才的遊戲玩家。」

於是——這瞬間，「時間停止了」。

♭

「呿……亂七八糟的有夠煩，混帳。」

ＳＳＲ的中樞，鐘塔最上層的管理室。

一手掌控這座鐘塔的管理員ＮＰＣ被十六夜收買下來，讓大時鐘完全停止運轉。他一人睥睨下界，如此喃喃自語著。

他還是先用單手操作終端裝置連上公布欄。追跡者的持有ｐｔ是……９７３７。本來的話，這時候再稍微上升一點也不為過，但ｐｔ的自動增加完全停止了。

這也是理所當然的事情。「因為時間並沒有在流逝」。

沒錯——這座鐘塔不僅是ＳＳＲ的中心，ＳＳＲ的所有時鐘也是以這裡的大時鐘為基準來運作。換句話說，如同字面上的意思，這個時鐘才是ＳＳＲ時間的絕對基準，和天體運行或潮汐漲退完全無關。鐘塔上的時鐘每過一分鐘，這個世界就會前進一分鐘。

因此——

隨著時間運轉而增加的ｐｔ，在這個時鐘停止後便毫無動靜。

「——不過，夕凪那傢伙好像比我先察覺到這一點啊。」

十六夜一臉麻煩，或者說有點不甘心地啐了一句……垂水夕凪果然很有意思。而且正因如此，現在沒辦法跟那個男人一戰才會令他十分不耐煩。

「真是的，又抽到下下籤了啊。夕凪明明有參加，我卻沒辦法跟他打架，然後女帝又那副死樣子無聊得要命，最煩的是……我的對手竟然是妳啊。」

「唔！…………什麼嘛。原來你發現啦，弧月哥哥？」

這時才「喀」地響起了腳步聲。

十六夜將視線從窗外收回後，一邊嘆氣，一邊將身體轉向管理室入口。那是他耳熟的嗓音、眼熟的打扮，以及熟到厭煩的「扭曲氣息」。

——「追跡者」。

「嘻嘻，嘻嘻嘻嘻。好厲害，好厲害好厲害喲！弧月哥哥果然是天才呢。竟然用這種方法來

阻止其他玩家通關，莉奈完全沒有想到耶！」

「閉嘴啦，跟蹤狂。」

「追跡者」露出令人毛骨悚然的嬌美笑容，十六夜則非常直接明瞭地咒罵了一句。但是，她似乎連這樣都感到很開心，只見她緊抱住胸前的熊娃娃，心醉地笑了起來。

「被弧月哥哥罵了……♡」

「唉～妳這傢伙還是一樣麻煩得要命啊……所以咧？既然妳滿不在乎地現身了，看來是打算跟我一戰沒錯吧？」

瞬間，十六夜的氣息急遽改變。他使用「展開」，右手便冒出一把粗製自動步槍，接著在「哈！」地吐出一口氣後，他就這樣交叉雙臂，將槍口對準敵人正面。

追跡者見狀，則看似疼惜地摸著巨大的熊娃娃，同時露出妖媚的微笑。

「這是當然的呀。莉奈最愛弧月哥哥了，希望能得到哥哥更多～更多更多的注意嘛。莉奈想要你好好看著莉奈，而不是『冰之女帝』那種不重要的雜碎……嘻嘻，你以後只能看著莉奈喲。」

「妳就繼續講啊，矮冬瓜。」

對於那種開戰宣言，十六夜卻像是熱烈歡迎似的欣然接受了。

「只能看著妳？好啊，既然妳這麼想要的話，就證明給我看吧。如果妳比我甚至任何人都

還要強，我一定想妳想到廢寢忘食的地步啦。整個腦袋都會被妳給占滿。所以呢，妳就盡全力上吧。」

革命家ＶＳ追跡者——戰鬥開始。

#

「………好驚人。我嚇到了。」

隨著格外生硬的嗓音，三辻就這樣盯著停下來的時鐘，僵在了原地。數刻後，她才抬起頭。

「你和十六夜弧月果然都非常有趣。」

「慢著。我告訴妳……不要把我跟那傢伙相提並論。最重要的是，說我有趣的傢伙都不是什麼好東西。隨便什麼都好，拜託改一下用詞。」

「那麼……奇怪。」

「……也太直接了吧。」

我厭煩地這麼回應後，就看到眼前的三辻似乎微微一笑。雖然只是誤差程度的變化，必須仔細觀察才能發現，但她的臉頰確實有上揚。

那一瞬間差點讓我看到入迷，趕忙搖搖頭掩飾過去。

「……那、那麼，應該沒有在意的事情了吧，三辻？差不多該去進行最後一場ＰＶＰ了。不快點的話，遊戲就會以『超過時間』這種最糟糕的方式落幕啊。」

「在意的事情……？」

三辻「唔～」地發出莫名可愛的沉吟聲，並把雙臂環抱在身體前面。順便說一下，雖然這是完全沒有一丁點關係的話題，不過她就算雙臂環抱也沒有特別突顯出什麼東西。

——就在此時——

「啊。」

她突然脫口輕聲叫了一下，結果不知怎的，一副急忙躲開似的與我隔開距離。接著，她的臉紅得像是頭頂要冒出熱氣一般，用失去餘力的眼神不悅地瞪著我。

「真……真是的，真是的！為什麼要讓我想起那種事情啊！」

「……想起？呃，想起什麼？」

「我、我明明都叫自己別去在意了……真是的！我完全沒辦法集中精神了啦！」

「叫自己別在意……妳是說另一邊的ＰＶＰ嗎？所以我就說快點——」

「才不是！」

三辻不斷發出近似尖叫的大喊聲，根本沒辦法跟平時的她聯想在一起。

「都、都……都是你不好。『我一直以為你是女孩子』。卑鄙小人。太差勁了。變態！」

「什、什麼啦？妳從剛才開始到底在說些什麼啊？真是莫名其妙耶。」

「唔！你、你是想逼我親口說出來嗎！」

「我根本不懂妳在講什麼好嗎！」

「……！」

聽到我這麼說，三辻的肩膀抖動了一下，然後不知何故站成微妙的內八字腳，開始磨蹭著有一半裸露在外的大腿。不知是否是心理作用，感覺她的呼吸相當紊亂，清澈的眼眸好像也慢慢泛出水光。

然後，她就用這種格外煽情的模樣——喊道：

「內、內褲！」

「……啊？」

「就是我的內褲啦！你不是拿走了嗎！快、快還給我！」

「…………咦？什麼？所以妳現在沒穿——」

「少囉嗦！」

她「喀喀喀喀」地刮著路面，彷彿爬行地板似的攻擊過來。我立刻往上跳開，躲掉這一擊。雖然身體被拋到無處可逃的空中，但ＳＳＲ是ｐｔ絕對主義。只要活用三辻之前示範過的「購買重力」這一招，無論在哪裡都不會有行動上的困難。

我徹底躲過所有追擊，然後與三辻稍微隔開距離。她手上不知何時拿著上次那把巨劍。

我稍微往下一看。

「……不、不准看，快還我！」

三辻用略顯嘶啞的嗓音這麼說道，並用力拉下襯衫衣襬，像是試圖要遮住短褲似的。不是吧……她穿的又不是裙子，只要不講的話，我絕對不會察覺到啊。既然會害羞就不要講出來嘛。應該說，不要在那邊忸忸怩怩的啦……總覺得看起來很色情。

再說——

「呃，那個……三辻。聽我說，用『強制徵收』搶來的道具呢，按照規則是『絕對沒辦法被搶回去』的喔。所謂的絕對，代表就算是我的意思也不行。所以換句話說……那個，我想還也還不了啊。」

「————」

三辻臉上盡是絕望之色，劍鏗鏘一聲掉落在地……她就這麼討厭我拿著她的內褲嗎？呃，不對，會討厭也很正常。

「不、不過，就是那樣嘛。那件內褲並不是在這裡買的，而是從另一邊帶過來的，對吧？既然如此就能帶回去現實世界……等ＳＳＲ結束後，我一定會還給妳的。在那之前就……該怎麼說才好……」

「……當作你的小菜？」

「我不會用啦。」

大概。

「嗯……」

聽到我的回答，三辻稍微抬起原本垂下的視線。平板的表情泛起一抹羞澀，帶著淡淡紅暈的臉頰與藍色的短髮營造出絕妙的對比，簡言之就是很可愛。

「真的？」

「……真的，我答應妳。我留這個在身上也不好處理啊。」

「太好了。那麼，必須快點結束這個遊戲不可。」

「是啊……對了，妳既然這麼在意的話，乾脆先登出一次，把內褲穿上就好了啊。」

「嗯？你在說什麼？要是登出的話，ｐｔ就不會增加了。」

「……真不知該說是效率魔人還是笨蛋中的極品啊，妳這傢伙。」

我用傻眼的語氣這麼說道，再次看向正面相對而立的三辻臉龐。

儘管還染著一點朱色——但那表情絲毫沒有「冷靜」的影子。她至今以來都壓抑著對遊戲的渴求，現在則完全「被點燃了」。

「——嗯，閒聊到此為止。」

三辻在最後搖了搖頭，彎腰撿起剛才那把巨劍，然後用劍尖直指著我。我也為了從正面迎擊那把巨劍，側身舉起從處刑人那邊奪來的曲刀，舉到與視線齊平。

「好……來吧，勇者大人。或許勇者是ＲＰＧ的最強人物沒錯，但所謂的最強，其實都是為了被打倒而存在的喔。」

「隨你怎麼說。魔王還敢這麼囂張。」

三辻配合地微微彎起嘴角。

……這應該會是ＳＳＲ「名副其實」的最後一次ＰＶＰ吧。

「冰之女帝」、「不敗戰姬」——三辻小織。

她的通稱在地下遊戲玩家之間非常有名。但另一方面，聽說幾乎沒有人看過她認真戰鬥的場面。

原因如同十六夜之前提過的，只要評估對手的實力比自己強的話，她就會立刻「走為上策」。盡可能避免與人直接進行ＰＶＰ，以整體性的勝利為目標——三辻的戰術基本上就是「狩獵」。獨來獨往的最強獵人。徹底的效率至上主義。

但是——剛才她就證明了「這一點是錯誤的」。

並不是單純的效率魔人，而是愛遊戲成痴的遊戲迷……她證明了這件事。

因此，三辻應該不會再撤退了吧。ＳＳＲ最強勇者已經失去撤退的理由。她眼中寄宿著搖曳

的火光，而且是比紅色更熾熱的藍色火焰。

那抹「藍色」映出我的身影，熊熊燃燒著。

「……！」

在有所想法之前，身體已經先理解了……嗯，這傢伙很強。直逼而來的壓力勁道非同小可。之前見識到的戰鬥場面，恐怕對三辻來說，單純是偏向作業性質的遊戲方式吧。但現在不同了。唯有這次是不同的。接下來——將會展現出任何人都沒見過的，「三辻小織傾盡全力的一面」。

……我已經開始覺得周遭的事情怎樣都無所謂了。

無論是十六夜和追跡者的ＰＶＰ、判官的去向還是朧月詠的策略，這個當下統統都無所謂了。要是分神在那種瑣事上，我是超越不了三辻的。

對，所以——沒錯。

「與我一戰吧，魔王……做個了結。」

「若要攻略ＳＳＲ，我只需打倒眼前的敵人即可」！

「「——『增速』！」」

我和三辻幾乎同時從正面衝刺而去，不帶一絲猶豫。

三辻的武器是勇者巨劍，而我的傢伙則是處刑人遺留的曲刀。兩把都是不適合美少女玉手的利刃，但事到如今還挑剔這種地方也無濟於事。我彷彿要甩動粉紅色長髮似的扭轉身體——高高揮起劍往下一劈。

「唔……」

三辻以巨劍的劍面接住我的攻擊後，就這樣用蠻力壓回來。如同先前，相互抗衡的局勢只有短短一瞬。我的鞋跟開始咯吱咯吱地摩擦著石板路。

然而，這點程度的事情我也不是沒有料想到。我的右腳落在旁邊民家的圍牆上，再利用蹬起來的反作用力往三辻——

「唔！購入處理：對象『牆壁』！然後是『收藏』！」

——就在我要進行突擊的那一剎那，支撐著我全身重量的石牆倏然消失，我的身體就這樣跌落在地上。有稜角的石頭碎片擦過柔嫩的肌膚，傳來一股刺痛。

不過……沒事。血條的減少只有誤差程度。這樣完全沒有什麼大不了的。

我伸出舌尖舔了一下擦破的手臂，立刻又站起身。

「妳的反射神經還是一樣猛啊。應對速度總是快得要命。」

「沒有。我並不是瞬間做出判斷，而是一開始就有作戰計畫。」

「這樣反而更厲害了好嗎……是說，哇啊！」

正當我用諷刺的口吻酸她時，頭上突然有一面巨大的石牆——八成是剛才她「購買」的那面石牆——憑空「展開」了。她揮動巨劍將那個岩塊砍到粉碎潰散，化為大量瓦礫嘩啦嘩啦地崩落

而下，響起撕裂耳膜般的轟鳴。我立刻彎下身體，迅速逃出爆炸中心。

往瓦礫雨最少的方向——「前方」衝去。

「哼……！」

但是，我的行動當然已經被看穿了吧。在滑行的前方，三辻正用劍指著我的眼睛，飄然而立。接著，劍芒一閃。連一剎那的間隙都沒有，那毫無一絲猶豫的劍光就要斬下！

「……！購入處理：對象『風壓』！先『收藏』再『展開』！」

「咦——？」

這時，我用pt購買局部捲起的風壓，然後刻不容緩地展開，往劍的側面打下去。巨劍失去衝勁後，劍軌輕易地搖晃起來……只能鏗地掉到地上。

三辻的肩膀看似煩燥地微微抖了一下。

「竟……竟敢耍小聰明。」

「哈！妳是怎樣？講話很有魔王的樣子喔。都最後關頭了才打算轉行嗎？」

「——少囉嗦！少囉嗦少囉嗦！」

三辻罕見地大吼了一聲，粗暴地揮起了劍……戰鬥繼續進行下去。我現在的痛苦之處在於光是熬過攻勢就要用盡全力，但也沒有任何退路可走。

我暗自調整氣息，拚命地抵抗逼近而來的「冰之女帝」——

……從那之後，大概過了幾十分鐘吧。

「呃——！」

我終究沒能逃到最後，直接吃下一記勇者的斬擊，然後像破抹布一樣輕盈地飛在空中，狠狠地撞到商店的牆壁後才滑落到地上。儘管我立刻使用了「治療」，但沒辦法補滿ＨＰ條。

「真的是……太強了吧，混帳。」

在已經朦朧起來的視野中心，我看著三辻的身影，忍不住咒罵了一句。

——冰之女帝。不敗戰姬。ＳＳR的最強勇者。

雖然打從一開始就知道了，但她是真的不需要使用「自動存檔&讀檔」這種作弊技能，因為她本來就很強。

剛才也是如此。

幾分鐘前，三辻突然買下「ＳＳR商業區『統治權』」。我起初連這個舉動的用意都沒想到，但從那一瞬間起，她就是該區地位最高的存在，只要一聲令下，這一帶的所有ＮＰＣ都抄起武器跑來抓我。

後來，我勉強保住性命，逃出被三辻掌控住的區域，最後終於走到這一步。

「呵——到此為止了，魔王。」

和緩的腳步聲。三辻心情不錯地玩起了角色扮演，但另一方面，她所散發的氣息別說是勇者，根本猶如死神一般，就這樣步步往我逼近……我在內心小小地罵了聲可惡。

——絕對打不倒的勇者的攻略方法，我已經想好了。

——將混蛋ＧＭ的策略擊潰的劇本，我已經準備好了。

但是，在那之前還有個鐵錚錚的事實要面對，那就是「三辻小織是比我強的玩家」。

「……」

我蹲伏在瓦礫之中，抹掉脖子上的大量汗水。雖然沒有工夫去看公布欄，但單純扣掉在這裡用掉的ｐｔ的話，我大概剩５００再多一點，而三辻則是２４００左右吧。沒問題。「目前還夠用」。

不過——即使我想進攻也找不到任何空隙。也許是沒穿內褲那件事讓她很抓狂，她的攻勢隨著時間過去不斷變得更加凌厲。「不敗戰姬」在此大顯身手。她帶著壓倒性的力量阻擋在我面前。

所以…………怎麼辦？

我到底該怎麼做才好——！

『——在做什麼啦？』

「……咦？」

瞬間——終端裝置播出格外熟悉的嗓音。

『我說，你在做什麼啦……哼。之前牙尖嘴利地講得那麼了不起，現在卻這麼狼狽啊，垂水。你好遜喔。』

「妳……」

是鈴夏。

她應該是使用干涉電子機器的能力，從現實世界連過來的吧。擅自將終端裝置轉為擴音模式，擅自將我和她連結起來，擅自把她的聲音傳過來。

『因為沒辦法，只好來救你。因為沒辦法，只好來幫你……別會錯意了喔。我可不是特地為了你才來幫忙的……只是想這麼做而已。』

「……妳是怎樣？真是的，要傲嬌也沒傲嬌的樣子。」

雖然我不知道她是被誰影響的，但這傢伙真的是令人搞不清楚她到底是坦率還是難伺候。還有那個耍傲嬌的方式，用我的聲音講那種話真的讓我很想一頭撞死，希望她即刻停止這種行為……不過——

「妳能來真是太好了……老實說，找不到能讓我強撐面子的對象實在很傷腦筋啊。」

『唔！哼……哼。講這什麼話啦？垂水，你是笨蛋嗎？』

我一邊聽著鈴夏似乎感到很開心的嗓音，一邊站起身，然後舔了舔有血味的嘴唇。大概是鈴夏又幫我使用了一次「治療」，全身的痛楚早已消失。不對，不只如此。就連對三辻小織的絕望感都不知道跑哪裡去了。

取而代之的，是來歷不明的龐大自信占據了整個內心。

明明情況跟剛才沒有什麼不同，但光是隔著終端裝置與鈴夏相互連結，我便明顯感受到自己的心情逐漸歸於風平浪靜。從容以及全能感。狂妄地相信現在的我，相信現在的「我們」一定能戰勝，對這種程度的逆境根本不放在心上。

沒錯——畢竟就是如此。很理所當然。

SSR與現實世界。儘管隔著不同的次元與世界，但我和鈴夏從一開始就是「二合一的『魔王』」。要是沒湊齊兩人就沒意義了，缺一不可。不過，如果兩人都在，並且像這樣背靠背扶持彼此的話——我們一定能夠超越無敵的勇者。

「——『增速』！」

隨著終端裝置另一端傳來的聲音，身體瞬間帶有加速的能量。我彷彿要擾亂戰局似的往旁邊跳開，然後在著地的剎那切換重力方向，奮力躍向三辻。

「嗯——」

然而，三辻並未感到焦急。她使用身體強化技能「力量」，將高舉過頂的劍猛然「往地面揮下」，瞬間掀起大量的瓦礫，結果在我和三辻之間形成細碎的瓦礫簾幕。她至今已經防守住我的突擊幾次，這是她相當擅長的防禦手段。

不過——我這次決定「不改變前進方向，就這樣直穿過去」。

「咦……怎、怎麼會……？為什麼？為什麼……你反而『加速』了？」

「——『展開』！」

在紛紛落下的碎石雨中——我買下瓦礫撞到身體所造成的每一道「衝擊」，再用作推進力消耗掉，一個勁兒地加強前進的力量。

傷害因此而集中到我的背上，由鈴夏使用「治療」和治療道具徹底抵銷掉。

沒錯……就是這麼一回事。要說哪裡不同於平常的話，那便是「鈴夏控制住終端裝置之後，我現在可以同時採取兩種行動」。能夠以原本不可能達到的速度平行處理技能。這毫無疑問會成為巨大的優勢。

「唔……！」

也許是沒想到會被突破防線，三辻的表情略為扭曲起來。

她恐怕已經開始在腦中研擬下一個作戰方式了吧。結合勇者的職業技能「自動存檔&讀檔」，展開「以自動復活為開端的奇襲劇」。只要活用勇者的不死性，即使再怎麼屈居下風，也

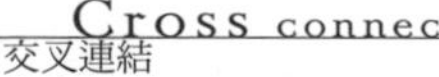

必定能找到機會捲土重來——「她應該是這麼認為的吧」。

「因此」，我露出賊笑。

錯了。這不是妳現在該採取的行動。要是妳耗盡目前全部的ｐｔ，進行全力抵抗的話——

「我的勝算就消失了」。

「——抱歉啊，三辻。」

「嗯……我不懂你為什麼要道歉。贏的人會是我。不管你殺我幾次，到頭來也毫無意義。能夠活到最後的是我。」

「是嗎？這種事不試試看怎麼會知道呢？」

目測距離為數公分。

我的衝勁絲毫未緩，逼近她後——就這樣「把亮晃晃的曲刀往前刺出」。我似乎有一瞬間與她四目相交，但她並沒有說什麼，接受了凶器的突進。化為青白粒子後，她暫時從這個世界消失。

緊接著，終端裝置的全體紀錄立刻新增了這樣的系統訊息。

『勇者已使用職業技能「自動存檔&讀檔」。』

遊戲剛開始沒多久的時候也出現過這行字。一種把見者打落絕望深淵的最強宣言。而且勇者甚至可以選擇「時間點」和「地點」來進行復活，實在難以對付。

『……嗳。』

彷彿在呼應那行訊息一般，終端裝置傳出了憂心忡忡的聲音。

『你差不多該告訴我了吧，垂水。歸根究柢……你要怎麼打倒她？』

「嗯？妳是指三辻嗎？」

『沒有其他人了吧？你是怎樣？要我嗎？』

「沒有啦，妳也太急性子了吧……再說，『我又沒有要打倒三辻』。」

『…………啥？』

隱含「這傢伙腦子沒問題嗎？」這種意思的「啥？」穿越時空飛了過來，我嘴角忍不住扭曲，抽動了幾下……糟糕，我覺得有點火大。雖然鈴夏完全沒有錯，但似乎因為那是自己的聲音，導致厭煩感增長了數倍。

「呼……」

因此，我把右手放在胸口，稍微深呼吸，調整了一下氣息。這當然是為了讓自己保持冷靜。儘管軟綿綿的，但這是姿勢使然，我也無可奈何，絕對不是我心存歪念。不過真的好軟。

『去死。』

「呃……噢，啊～……咳咳！」

有一瞬間感覺要失去所有神智。好險……真的好險。

我重振心情，繼續說道：

「我、我說啊，鈴夏。妳是怎麼想的？勇者的技能是絕對攻克不了的嗎？」

『咦？……嗯～正常來講不就是這樣嗎？既沒有次數限制，也沒有指定條件。就是個讓人死而復生的技能嘛。』

「嗯，對啊。這樣的理解本身沒錯──但是──」

我說到這裡先打住，看向終端裝置的畫面。「現在的持有ｐｔ是２２７９」。因為搶走了勇者的ｐｔ，所以我的ｐｔ稍微恢復了一些。

我一臉滿意地望著，並將長髮撥開呈翅膀狀，保持門神般的站姿開口說：

「這些妳可能沒聽到就是了，在新手教學的時候，那個圖書館員有這麼說過。『所有玩家會被分配為勇者、魔王、革命家、判官、處刑人、追跡者與神官等其中一個職業，目標是達成各職業的勝利條件』──就是這樣。」

『……我知道你有變態般的記憶力了，但那又怎樣？跟我掌握到的資訊差不多呀。』

「不，我要講的不是內容，而是說法的問題……是『各職業的勝利條件』喔。換句話說，ＳＲ的職業勝利條件是依據玩家的『不同職業』來設定。並不是針對玩家來設定的。」

『呃……嗯？有什麼不同嗎？』

「完全不同──妳沒發現嗎？不會覺得有哪裡不太對勁嗎？妳看這個終端裝置的ＵＩ，詳細

狀態和職業之類的資訊全部都跟『持有物品』放在同一頁。老實說，真的難讀得要命。很不好用。

但是，如果這是必要性處理的話呢？如果這不是什麼誤植或設計太爛，而是因為詳細狀態和職業這些本來就該歸類在持有物品的話呢？

『咦……？等、等一下。「把職業視為持有物品」……？所以說，該不會……！』

「沒錯。」

我簡短地給予肯定後，讓曲刀從手中消失。這場戰鬥已經不需要武器了。如果職業是持有物品，而且持有物品可以用pt購買的話，打從一開始，我的致勝之道就只有一條而已。

我就這樣擱置空著的右手不用，將身體反轉一圈。

「──────！」

……不出所料，「看似剛復活的三辻就佇立在那裡」。她舉著巨劍，擺出臨戰姿態。但也因此散發出重重殺氣，讓我輕輕鬆鬆就能察覺到。

絕佳的立地位置，以及絕佳的時機。

……嗯，勇者的技能確實是最強的。說是無從摧毀的鐵壁技能也不為過。但是，因為這樣就放棄的話，未免太過輕率了吧？「既然無法摧毀，那就沒必要去摧毀」。這個遊戲又不是要我破解「自動存檔&讀檔」這個技能。只要巧妙地利用規則上的盲點，藉此贏得勝利就可以了。

「就是這麼一回事。」

啟動終端裝置。技能消耗值2000pt：完成。

三辻倏然臉色一變，我則衝著她微微一笑，坦蕩蕩地發出宣言。

「『強制徵收』——我要奪取三辻持有的『勇者』職業。」

#

『魔王已使用職業技能「強制徵收」。』

『「勇者」的所有權從「三辻小織」移動至「垂水夕凪」。』

『「自動存檔&讀檔」的所有權從「三辻小織」移動至「垂水夕凪」。』

「好厲害…………我輸了。」

三辻望著終端裝置的顯示畫面，一屁股跌坐在地上，看似不甘心地垂著頭一下子後，隨即輕聲吐露出這句話。

「可以透露背後原因嗎？」

「嗯，是可以啦……不過，妳應該差不多全懂了吧？」

我用指腹撓撓後頸，緩緩開口道：

「我買下的是妳的職業本身。ＳＳＲ的職業也是持有物品的一種，只要玩家之間達成協議，就可以作為買賣對象。其實真的想要的話也可以進行交換，但這種事情不可能成立就是了。」

以ＳＳＲ的職業而言，有利與不利涇渭分明。除非不利的那方累積到相當程度的ｐｔ，不然降格直接關係到破關的職業絕對是愚策。

……然而，凡事皆有「例外」存在。

如果有搶走指定對象一項持有物品的「強制徵收」，就能夠不由分說地將對手的職業據為己有——簡單來說，我想到的就是這種蠻橫的方法。

「也就是說……並不是打倒勇者，而是『成為勇者』……」

切中要點的三辻低聲說道，而我只微微點頭作為回應。

打倒絕對打不贏的勇者——這樣聽起來確實像是不得了的壯舉，但ＳＳＲ終究只是「遊戲」罷了。舉例來說，七人參加的遊戲中混著一個異常強大的角色，若在這樣的前提下「絕對要贏」，那麼，在研究那傢伙的弱點之前，先把控制器搶走，自己成為那個角色不就好了嗎？

沒錯，換句話說——

不用思考該如何打倒勇者，只要把職位搶過來即可。

「……呼。」

也許是終於平復情緒了，只見三辻就這樣躺在地上，將雙手伸到臉的前面，藏起表情小小地呼出一口氣。規律地上下起伏的胸部。不知是出於不甘心還是興奮，那嬌小的肩膀看起來正微微顫抖著。

「原來如此。原來是這樣……真厲害，又讓我驚訝了。竟然有那種方法……我完全沒發現。不，我或許根本想都沒想過。」

「這是當然的啊，勇者又沒必要想這種事情。因為魔王本身形勢不利，必須做到這個地步才能贏啊。」

「謝謝。可是，那是藉口……我在做的事情果然不是玩遊戲，只是一種重複作業而已。因為什麼都沒在想，才會覺得無聊，完全興奮不起來。太可惜了。我竟然到現在才發現……真的是太可惜了。」

接著三辻說了聲「再加上……」，就這樣用消沉的表情嘆了口氣。

「我畢竟犯了規。你一定對我幻滅了。前途一片黑暗。」

「嗯?什麼幻滅……哦，說起來妳有跟GM簽訂契約吧?」

「唔……你、你生氣了嗎?」

三辻的肩膀震了一下，然後像是挨父母罵的小孩子一般，開始從手臂的縫隙間偷覷著我。她心中可能一直懷著芥蒂吧。那雙清澈的眼眸像是感到膽怯似的動搖不定。

因此，我稍微撇開頭，夾雜著嘆息開口說：

「真是的……那種事情怎樣都無所謂吧。妳不是已經斬斷那個枷鎖了嗎？之前可能是如此，但現在不同了。就只是這樣罷了。」

「……可是，不覺得這樣很貪圖方便嗎？」

「就是方便才沒關係啊。」

我隨便回了句連歪理都稱不上的回答，並露出一抹賊笑。雖然這不應該是面對三辻的疑慮所做出的回答，但現在的我（鈴夏）散發出我行我素的魔王風範（任性氣息），而且強烈到令人目眩。單憑氣勢就可以打消那一點點的疑念。

「……嗯，我知道了。」

不出所料，三辻小聲這麼說道，只見她嘴角揚起，靜靜地輕閉雙眼。

然後，她就這樣——用有點輕鬆的語氣繼續說道：

「噯，魔王和勇者成為一體的話，要怎麼通關這個遊戲呢？」

「什麼怎麼通關？就跟原本一樣啊。又沒有改變什麼。」

「跟原本一樣？但是，沒有攻擊對象的話，就沒辦法戰鬥了。」

「哦，因為已經沒必要戰鬥了啊。ＳＳＲ的職業與勝利條件是相對應的，所以我現在就會擁有兩個條件。擊破勇者與擊破魔王。而這兩個條件都——」

「——只要你現在在這裡自殺，就可以達成了呢。」

「…………咦？」

我的話才說到一半，就被突然插進來的男聲給強制中斷了。

那是矯揉造作到令人煩躁的聲音。聽起來相當惱人，彷彿其存在目的只是為了讓聽者感到不快似的。與此同時，周邊一帶還響起類似皮鞋碰撞地面的裝模作樣的腳步聲，以及「啪啪啪」的輕佻拍手聲。

以這些聲響化為ＢＧＭ……他——那個男人悠然地走到我面前停住。

「初次見面，並且恭喜你通關，垂水夕凪。我是斯費爾幹部其中一員，Selector of Seventh Role的統括管理者（GM）——朧月詠。」

——在終端裝置的另一邊，可以感覺到鈴夏微微倒抽了一口氣。

#

據說斯費爾股份有限公司裡集結了幾名「天才」。

斯費爾的核心。斯費爾的心臟。雖然斯費爾如今已將勢力壯大為國際性大企業，但實際上，規模並不是什麼大問題。斯費爾是由「他們」組織而成的。少少幾名幹部就讓斯費爾贏得魔術師之名。

而斯費爾幹部的其中一員——朧月詠。

他是個削瘦的男人。肌膚白皙，頭髮彷彿褪色般染上灰色。應該相當年輕吧，就算說是大學生也沒有什麼好奇怪的。儘管他穿上是襯衫和皮鞋這種打扮，但襯衫前面敞開，而且一停止拍手後，他立刻將一隻手插進口袋裡，看來來實在很不友善。

他像是要仔細檢查似的凝視著我的臉，用感到格外可笑的口氣說道：

「原來如此……的確很有趣。你就是垂水夕凪吧？確實是本人嗎？啊哈哈，不管怎麼看，都是那個『我做失敗的破爛』啊。」

「……你不要靠近我。」

「什麼？生氣了？還是感到畏縮了？」

朧月詠留下像是卡在喉嚨深處的咯咯笑聲，很乾脆地與我隔開距離。

「…………」

不妙。這個——真的不妙。

我硬是抑制住激烈狂跳的心跳聲，暗自嘖了一聲……看來「這具身體深埋著對朧月詠的恐

懼」。他光是靠過來，我的雙腳就開始打顫。僅僅是因為他看著我，我的脖子就流下一道汗。三辻不知何時失去了蹤影，不過逃走是正確的應對方式吧。和這種傢伙正面對峙才是搞錯了什麼。

……但儘管如此——

「嗨。」

我壓下席捲全身的顫抖，握緊雙手，抬眸瞪著那個男人。

「終於現身了啊，ＧＭ。我等你等好久了。」

「……哦？二號機不過是內在改變而已，卻還能擺出那種表情啊。真煩啊……要是對我的絕對服從也能夠控制情感就好了。」

「……你這傢伙。」

「嗯？怎麼了？」

朧月詠不解似的，又或者說是愉悅似的偏起頭……服從和管制。那種把踐踏鈴夏的自尊當家常便飯的行為，在我看來絕對不正常，已經超出人類的範疇了。

以成為神為目標的惡魔。

或者說——這傢伙是天生的人渣。

「不過算了，總之恭喜你。」

朧月詠毫不在意我的表情，他嘴邊噙著笑意，微微聳了聳肩。

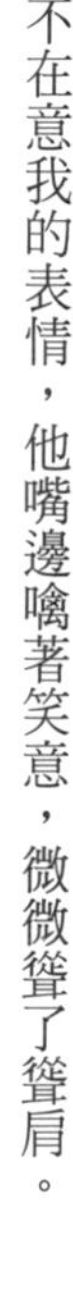

「你真厲害啊。我知道你高速通關了ＲＯＣ，所以一直抱有期待，但坦白說，你超出了我的想像。我明明徹底設計成讓你難以獲勝的情況……沒想到你這麼漂亮地找到了突破口。啊哈哈，結束的時候不就是你一人的勝利嗎？」

「……讓我難以獲勝？」

「嗯，沒錯。我把幾乎不可能取得職業勝利的魔王分配給你，特意安排除了你以外的現今最強玩家與你競爭，然後……哦，對了。那個廢物也是其中一部分喔。」

『……！』

隨著這聲「廢物」一同放出的無形「壓力」，讓終端裝置另一邊傳來類似尖叫的氣息。朧月詠聽到後，一臉得意地繼續說道：

「ＳＳＲ是角色扮演&點數制的大亂鬥遊戲，而你的職業是魔王。如同我剛才所說，魔王要取得職業勝利極其困難。既然如此，你本來的妥善之策會是『使用終焉技能贏得勝利』。但是並沒有實現——這是為什麼呢？」

「…………」

「呵呵，看來你心知肚明嘛。沒錯，就是如此，全都是二號機（那東西）的錯。二號機把你的ｐｔ揮霍一空，讓你不得不封起以ｐｔ取勝的路線——喂，妳有在聽吧，沒用的廢物（垃圾ＡＩ）。真希望妳能感謝一下我那天才般的主意啊。讓妳這種廢渣都能派上用場，這可是我才能辦到的壯舉喔。」

『——！』

現實世界傳來的聲響如今幾乎扭曲為雜音。

另一方面，我微微地抽動臉頰……這傢伙的腦子正常嗎？不，他毫無疑問「已經瘋了」。至少我沒辦法當他和自己一樣是人類。

這傢伙打從一開始就知道了——鈴夏對舉辦ＳＳＲ所懷抱的心情、期待以及嚮往。在知道的情況下還加以利用。鈴夏希望遊戲永遠進行下去，所以他將我和鈴夏湊在一起，防止我以ｐｔ贏得勝利。

朧月詠依然諷刺似的歪著嘴唇，以揶揄的語氣開口道：

「哎呀，我真的很佩服妳啊，不良品。妳還是老樣子，拖累別人是妳唯一的長處呢。」

——住口。

「哦，還有一點。妳特別強健，所以也很適合當沙包吧。啊哈哈，明明是廢物卻還有兩個可取之處，真是厲害啊。」

——住口。

「不過真是太好了，對吧？妳不是很期待這個遊戲嗎？很高興廢物也能以廢物的方式幫上我的忙對不對？既然如此，妳應該心滿意足了吧。雖然妳往後這一生再也找不到樂趣，但還是可以像平常一樣，帶著一臉傻笑乖乖聽我的話吧？」

「就叫你——」

『——住口是沒聽到嗎——！』

唧唧唧唧唧，由於那道怒吼實在太大聲，導致終端裝置發出異響。

「……鈴……夏？」

我只能愣愣地回問著……剛才那真的是鈴夏嗎？沒記錯的話，她應該被GM（這傢伙）植入太多心靈創傷，連好好對話都沒辦法不是嗎……？

『我——我說你，垂水！你會待在這裡吧！不會走吧！』

「呃，對……我會待著。」

『絕對不可以離開我喔！要一直留在我身邊喔！因為有你在——要是你不在的話，我絕對講不出這種話的。』

鈴夏的聲音彷彿在強壓著顫抖。我點頭後，帶著沙沙雜音往朧月詠靠近一步。他瞥來的冰冷視線貫穿了我的眼睛。烙印在體內的恐懼接二連三地被喚醒，一股想要立刻撇過頭的衝動湧上來

——但是——

鈴夏都鼓起這般勇氣了，結果我卻屈服下來，「這實在沒出息到誇張的地步」。

「——講出來吧，鈴夏。」

『嗯，謝謝你，垂水……噯，朧月詠，我有一件事想告訴你。』

「…………」

朧月詠靜靜地垂下眼眸後，倏然改變氣息看著我。不，不對，他應該是透過我盯著現實世界的鈴夏吧。冰寒徹骨的陰沉眼神，猶如憎恨著世上一切事物的深沉恨意，然後是——

「……哦？」

他發出的聲音非常直截明瞭。

「想告訴我的事情啊？會是什麼呢？我一直在顧這個百年難得一見的廢渣，所以正常來講的話，應該是要感謝我平素的照顧吧？好吧，我就聽聽看，特別花時間聽聽妳要說什麼。不過，暫且不說這個——喂，妳的敬語跑哪裡去了？這個破爛東西（廢棄物）。竟敢用那種口氣跟我講話，看來妳那個快壞掉的迴路終於廢掉了是吧？」

『——！不、不是…………才不是呢。』

儘管朧月詠的語氣充滿靜靜燃燒的怒火，鈴夏還是勉勉強強頂撞了回去。她吸了幾次氣，然後吐氣，說不出話時又吸了一口氣。

當我感到有點擔心的時候……忽然聽到終端裝置傳來熟悉的溫和嗓音輕聲說「沒事的」。那是春風。看來她正陪伴在鈴夏身邊。

雖然不曉得是否是出於這個緣故——不過，鈴夏的聲音開始有了「底氣」。

『你錯了，我不是廢物……不，這麼說也不太對。更正確一點來說——「我是不是廢物都無所謂」。我已經發現了，那些完全是微不足道的問題。就算我是瑕疵品，我和垂水一起進行的遊戲還是很好玩，和春風、雪菜一起四處玩樂的世界也很燦爛……啊哈哈。所以說，我一點也不在乎你覺得我有沒有用。』

「…………哼。妳變得很敢說了嘛。」

『這都要拜你所賜喔……我一直以來都活在你的咒罵之下，沒辦法好好看清自己。我認定自己是個沒用的廢渣，就和你說的一樣。但是……可能不是這樣的。多虧垂水，我終於能夠轉念了。至少這不是你可以擅自決定的事情。既然如此，我決定——相信垂水所相信的，屬於我自己的價值。』

「…………」

聽完鈴夏堂堂正正道出的獨立宣言後，朧月詠暫時陷入沉默。

他看起來像在生氣，又像是感到不耐……與此同時，還像是在壓抑某種與上述「完全相反的情緒」。

「……呵、呵呵。呵呵呵呵！啊哈哈哈哈哈！」

——數刻後，他的表情「因為狂喜而扭曲」。

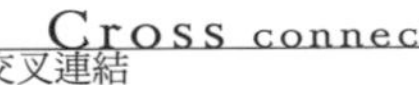

「有趣，實在太有趣了！我果然是天才啊！哈哈——哦，不對，不好意思，一不小心就失態了。因為一切發展都在我的預料之內，讓我覺得有點可笑。」

『……！你那是什麼意思？』

「就是字面上的意思啊……呵呵。」

朧月詠彷彿笑累似的嘆了一口氣，然後用空著的左手輕輕撥起瀏海。

「二號機在遊戲進行中對夕凪產生信賴。而夕凪也是如此……話說回來，夕凪，你是回應我的『邀請』才來參加ＳＳＲ的吧？就為了來救那種垃圾。」

「……我不覺得她是垃圾。」

「啊哈哈，抱歉抱歉，我說得太順口了。不過，這也沒關係，畢竟你不參加遊戲的話，會讓我很傷腦筋。但是——妳果然是瑕疵品啊，二號機。看來妳還沒察覺到吧？妳被他的甜言蜜語給說動，還沉浸在『自己也許能獲救的美夢裡』對吧？」

『…………咦？』

鈴夏用生硬的嗓音回道——而朧月詠則斬釘截鐵地說出這句話：

「我就再說一次吧。夕凪要通關ＳＳＲ的話，唯有自殺一途。」

『自殺…………啊。』

「妳終於想起來了嗎？哎呀呀，有顆不中用的腦袋還真是辛苦呢——沒錯，就是自殺。『只

有這個方法』。既是魔王又是勇者的他，透過自殺就能達成兩種勝利條件。這樣就獲勝了。反過來說，除此之外沒有其他獲勝的方法。」

『為、為什麼啊！現在也沒剩多少參加者了，只要照正常方式存ｐｔ的話——』

「不行喔。革命家和追跡者目前正在交戰中。革命家勝出的當下就會確定取得職業勝利。相反地，就算追跡者勝出了，分出勝負時兩個人的ｐｔ合計也不可能少於１００００吧。在這個情況下，追跡者使用終焉技能就能獲勝了。」

「…………」

沒錯——自殺。

我所擬定的計畫，正是這個「自殺」。用「強制徵收」奪取勇者的職業，再刺穿自己的胸口以同時殺死勇者和魔王。這是魔王唯一能取得職業勝利的手段，真的是低劣至極。

但話雖如此，ＳＳＲ畢竟是遊戲，所以我並沒有那麼抗拒自傷行為。如果這樣就可以獲勝的話，再怎樣我都願意做。這點程度的心理準備，我也已經做好了。不過，這其中還是存在著一個大問題。

——如果我……鈴夏在ＳＳＲ世界自殺了。

——那並不是一時的死亡，而是永遠消失。

朧月詠依然帶著淺淺的笑意，繼續說出殘酷的事實。

「真是夠了……這個情況下的最佳解答就是自殺，這一點無庸置疑。但是呢，廢物，夕凪不得不對此感到猶豫，因為妳還『不夠完善』，也沒有備份資料。要是在SSR死掉的話，妳可是會徹底從這個世界消失喔。」

『……………！』

「呵呵，什麼嘛，妳真的沒察覺到啊？……既然你們是相互信賴的關係，要採取自殺這種手段還是有困難吧。但要是再囉囉嗦嗦下去的話，就會被其他玩家搶走勝利。這樣一來，夕凪就完全敗北了，而妳這個廢物依然會被我限制自由，連遊戲報酬也拿不到。」

「…………」

「不過，夕凪，就算你下定決心自殺，也絲毫動搖不了我的勝利喔。畢竟——這代表你放棄當初的目的，踐踏二號機（那個廢渣）的信賴後拋棄不顧啊！呵呵，真是笑到都停不下來了。你在ROC不僅成功通關，連電腦神姬都救了出來，但面對我的挑戰卻也只能下跪認輸。看吧，我果然遠比天道那傢伙厲害得太多了啊！」

朧月詠用左手抓起頭髮，一副終於忍不住似的譏笑了起來。他露出一抹陰笑，以惹人不快的聲音向終端裝置的另一邊說道：

「喂，廢物。妳的心情怎麼樣啊？妳經常感到絕望呢，妳喜歡絕望的滋味吧……啊哈，怎麼辦？看妳好像完全陷進去了，但夕凪搞不好三兩下就把妳捨棄了喔。唉，屆時看不到妳的表情真

的有點可惜啊……不過也無所謂。只要他選擇自殺的話，我終於就能拋棄妳了，以後再也不會看到妳那張惹人厭的臉。」

『……………對。』

聽到那毫不客氣的酸言酸語，鈴夏的反應卻非常乾脆。也許是得不到預料中的回應而火大，只見朧月詠微微扭曲著臉頰。

「……妳這傢伙是怎樣——」

『垂水。』

但是，彷彿要打斷他的話語似的，鈴夏再次出聲了。別說反應，她根本蠻橫地徹底無視朧月詠要說的話。我不禁苦笑著回應：

「怎麼了？鈴夏，一副正經八百的模樣。」

『我當然要正經一點啊，畢竟現在是這種情況……我可以相信你吧？』

「……嗯？」

『別裝糊塗了，你有作戰計畫吧？……我、我其實沒有很在意啦，但春風從剛才開始就一直「夕凪先生夕凪先生」地吵得要命……所以我想說，稍微期待一下好了。』

鈴夏補充了一句「就想想而已啦」，而我一邊當作耳邊風，一邊將右手放在後頸上。

嗯……要說「惦記的事情」的話，是有一件。雖然不是很重要，就算不解決也沒差，但就是

滿在意的——因此——

「喂，朧月詠。」

我大步踏出，接近他一步。一步，然後再一步。

無論靠得再近，我的身體也已經不會顫抖了。

「歸根究柢，你是想贏過天道才計劃了這次的遊戲，對吧？」

「唔～？不對喔，這個說法並不正確。更何況打從一開始，我就比天道白夜——不對，是比斯費爾的任何人都還要強。說我是為了證明這一點是最接近的。」

「是喔，那我懂了。『真遺憾啊』……你證明的是完全相反的事情。」

「……什麼？」

「我是說，不過聽牌就開心成這樣，你的程度到哪裡可想而知。那個怪物集團斯費爾的頂點？別說蠢話了，怎麼可能啊？為了打倒我、贏過天道這種幼稚的目的而強行舉辦地下遊戲，你完全不夠格這麼自稱啊。」

「……哦？你似乎很懂得挑釁嘛。然後呢？所以又怎樣？我的思想如何無所謂吧。最有能力的人就最應該得到認可。管他幼稚還怎樣，我一點也不在乎。」

「那是『有能力』的情況下。你說的沒錯，如果具備無可取代的才能的話，就算是你這種自我中心的人渣，我想應該還是有人願意共事的。」

「你是怎樣？說得好像我沒有才能一樣。」

「你有的話，鈴夏就不會變成這樣了吧。」

聽到我立刻這麼回答，朧月詠的臉頰抽動一下，用銳利的眼神不悅地射穿我。但是，我並不在乎。我用力撩起粉紅色長髮，雙手扠腰，以桀驁不馴的站姿迎擊。

「正好，鈴夏應該沒講過，我就代替她說了——『你少在那邊推卸責任了啦』。如果鈴夏是廢物的話，那是因為你的本事不夠。如果鈴夏是垃圾的話，那你又是什麼？只能無限產出垃圾的超級垃圾產生器嗎？哈！給老子謹慎用詞啊，人渣。」

「……你這傢伙，讓你講幾句就囂張起來！」

「怎樣？消耗這麼多卡路里的話，你『稍後』可會吃苦頭啊。雖然我誇不太下去，但『那傢伙』確實比你有才能。要是不做好心理準備的話，可是會被毀掉喔。」

「稍後……？還有那傢伙？……你到底在說什麼啊？」

大概是聽不懂我的意思吧。朧月詠盛怒之中摻雜些許困惑，臉色相當複雜，警戒似的窺探我的眼睛。

我一邊抬眸看那張隱晦不明的表情，一邊操作終端裝置，重新「展開」那把曲刀。接著再經由鈴夏啟動「增速」，暗中讓敏捷值暴漲。

就這樣，我反握著曲刀，像是要炫耀似的猛力揮起——

「我的戲分到此結束。記得幫我跟『那男人』問候一聲啊。」

——刀芒一閃。

「呃……！」

我用曲刀的刀柄狠狠敲中朧月詠的下巴，然後立刻翻回刀刃，「刺穿自己的胸口」。朧月詠的身體誇張地彈飛出去。同時間，胸口有一股刺痛慢慢擴散開來。HP值瞬間扣光，左手腕的終端裝置驚慌失措了起來。

『垂……垂水，垂水！』

我透過終端裝置聽著鈴夏的聲音，意識逐漸遠去——

♭

『——二、一、零。倒數停止。未啟動「自動存檔&讀檔」。』

『魔王已擊破勇者。』

『勇者已擊破魔王。』

『系統中斷。由於已出現達成勝利條件之玩家，SSR即將結束。』

『距離SSR世界關閉尚餘五分鐘。目前仍待在場域的各位玩家，請盡快登出。』

「————可惡。那臭小鬼竟敢揍我。」

挨了垂水夕凪一記臉部痛擊後，經過數秒，朧月詠一邊用左手摸著火辣發疼的下巴，一邊凝視著終端裝置的顯示畫面。

二號機的自殺——ＳＳＲ的終止處理（通關）。遠從遊戲開始前，他就一直在等待這行文字。而且還不是單純的廢棄或消失。畢竟在臨終前讓垂水夕凪體會到敗北的滋味，幫助他超越天道，以不中用的垃圾而言，已經充分發揮出其價值了吧。

從內心深處湧上來的，是難以抑制的喜悅狂潮。

「呵……呵呵……！啊哈哈哈哈！贏了！是我贏了！垂水那傢伙，最後給我丟下一句意味深長的話，結果根本什麼都沒發生啊！原來只是撂狠話而已喔，老土的普通人倒適合做這種事情嘛！」

根據剛才上傳的數據，革命家和處刑人的ＰＶＰ還沒分出勝負。那麼，ＳＳＲ的贏家就會是垂水夕凪了……「僅是如此而已」。不過是形式上的勝利，他還是願意施捨的。他想掌握住的是更「高處」的東西。

「啊哈……終於啊。這麼一來，『我的價值終於會得到認可了』。」

朧月詠的低語隱含各式各樣的心情……小時候被視為百年一遇的神童，將來備受期待。他一

直認為自己無所不能，而實際上，他也持續達成超出周遭期待的成果。這一點令他很高興，一心一意地不斷鑽研精進——然後「進入斯費爾」。

這就是他感到挫折的開始。

他至今未曾見過、連想都想像不到的「才能集合體」……這種怪物多得要命。尤其是被稱為幹部的那些傢伙，那樣的才能只能稱為異常，在被稱為神童的他眼中，「他們」簡直就是神。自己不過是神之子——一介凡人，他被迫面對如此殘酷的現實。

於是，一再扭曲到最後，他不知不覺間整個人都被復仇心占據。

——我要讓那些傢伙清醒清醒。

——我要讓他們知道我才是最強的。

但是，這種思維應該相當危險。復仇與下剋上，腦中只剩下這兩件事的他，正因如此才逐漸被丟在後頭。他以擠掉其他人為主要目標，成長速度明顯落後，這樣的差距很快就演變成一種絕望。

而後——轉機。ROC的終結。亦即「天道白夜的敗北」。

他認為這是唯一機會。只要打垮垂水夕凪，他就能證明自己是比天道更強的存在。他將這種漏洞百出的邏輯信以為真，為了擊垮垂水夕凪而盡全力準備SSR。

讓垂水夕凪和那個廢物以交換身體的方式參加遊戲。

收買最強玩家——三辻小織。

職業之間的不平等，以及硬塞不利的職業。

要說更詳細的部分的話，那就是垂水夕凪的能力綜合值略低於其他玩家，還有十六夜弧月的參戰也能牽制住他，而判官雖然沒起到什麼作用，但也是服從於斯費爾的人員，是特地安插進來的。朧月詠把自己想到的所有點子都付諸實行了。

卑鄙？厚顏無恥？——別傻了。在這個世界，結果就是一切。

「贏了……我贏了！跟天道的ＲＯＣ不同，ＳＳＲ沒有任何遭到逆轉的可能！這是我的勝利！我——正是我讓天道白夜——」

「——讓我怎樣？」

「輸——了？」

傾盡全力的勝利宣言突然插進一道聲音，朧月詠一瞬間僵住了身體。

那聲音他聽過……何止聽過，那就是過去將他打入絕望深淵的惡魔之聲。但是，他不可能在這裡。ＳＳＲ是只屬於朧月詠的聖域，這是為什麼？

「為什麼你會在這裡……天道白夜啊啊啊啊啊啊！」

沒錯——毫無任何預兆，也毫無警告，站在那裡的就是天道白夜。

身材高瘦修長，染得像外國人的白銀頭髮，帶給人冷酷印象的眼鏡。

……太奇怪了。太奇怪了。太奇怪了！

的確，有天道那一身本領的話，應該有辦法侵入這個世界。不過，SSR的GM是朧月詠。為什麼他連有人侵入都沒察覺到……！

「對於你的疑問，我就這麼回答吧——『我從一開始就參加SSR了。所以，我沒有做侵入這種毫無風雅可言的行為』。」

「從一開始……？不可能，這更奇怪！玩家資訊可是由我管理的啊！要是你混進來的話，我一定立刻就會發現！」

「哦？那麼，我就不得不指出管理馬虎這一點了。我不過是去找那個接到你委託的斯費爾相關人員，買下『判官』這個職業罷了。我說監視、監督垂水夕凪是第三課的職責，對方就輕易地讓給我了。」

「……那、那個混帳東西……！」

天道露出些許笑意，慢條斯理地道破背後的祕密。朧月詠臉上的神色從游刃有餘轉變為失望。那略帶嘲弄的嗓音仍在繼續刨挖他的心。

「不過，我也不是自願這麼做的。其實在ROC的失策讓我挨了一頓罵。結果我被命令來拉住你的愚莽行為，作為洗刷汙名的機會。」

「愚莽行為……？哈！」

朧月詠的眼神原本游移不定，但在聽到這番話後，便完全定住了。他猛然大力揮動手，跟天道爭辯了起來。

「對……沒錯！就算被你們用一句『愚莽行為』簡單收場，也改變不了我讓垂水夕凪敗北的事實！事到如今可別在那邊找一堆藉口啊，天道！一看就知道了吧！我果然比你優秀啊！」

「…………唉。」

「裝模作樣地嘆什麼氣啊！」

天道微微嘆了口氣並推一下眼鏡，而朧月詠則激動地上前揪住他。占據全身的恐懼與高昂情緒，讓他沒辦法控制住自己的行動，話語自動脫口而出。

「你很清楚吧！這次一定是我的勝利啊！我領先在你和其他人前面，是第一個幹掉夕凪的！哈！什麼斯費爾最大的威脅啊？那不過就是個對遊戲有點在行的小鬼而已嘛！」

「……你真的沒有任何疑問，打從心底相信著這一點嗎？」

「啥！這又怎麼了啊？」

「沒什麼——若是如此的話，你真的是無藥可救了。」

天道一邊說著，一邊推開朧月詠的身體，然後靜靜地整理領口的領帶。雖然是平淡無奇的動

作，但光是如此，甚至就能感覺他散發的氣息變了一個層級。

沒錯。要比喻的話，就是從優雅站立的同事——變成獵頭的死神。

「是時候把內幕告訴你了，朧。不久前，我接到某個人物的委託。儘管約時間的方式、態度和口氣都很不像話，是個極為失禮的委託人，不過工作就是工作，我接了。至於工作的內容，則是『拙劣AI的調整作業』。」

「……？所以你到底想說……慢著。AI？你說……AI的調整？」

「是啊，而且還是非常『特殊的AI』。我都感到有點棘手了。畢竟——『Enigma代碼』的控制方法等等，到現在都還沒得到確立啊。」

「————該不會……」

「電腦神姬二號機，個人名稱「鈴夏」的調整——這就是我接下的委託。以具體內容而言，就是『去除所有系統錯誤，讓她不再需要做定期維護。順便進行備份與防護，避免有安全方面的漏洞』……真是的，這可是一項大工程啊。害我無端浪費了十八小時。」

——你說……十八小時？

對於天道的發言，朧月詠的視野逐漸失去彩度。十八小時？才花十八小時，就把那個廢物的所有問題都去除了？自己這兩年來都只能進行定期延命措施而已……這傢伙竟然花不到一天就排除了根本原因？

朧月詠只能茫然地佇立在原地。不過，天道還繼續追擊。

「這個工作其實還滿不划算的。而且委託人(那個笨蛋)還這樣說喔——『費用之後再付。正好有個「可以賺到大錢的著落」』。本來的話，在這種時候我就會拒絕了……但是，那確實是個『著落』。畢竟『我提出的調整費和ＳＳＲ的報酬是同樣的價錢』。」

「……！你們原來是同謀啊……！」

「哎呀，你這樣說我可不高興了。雖然我敬他為『最厲害的遊戲玩家』，但我並不打算在其他方面跟他混熟喔。這次純粹是委託者與被委託者的關係。我畢竟是一介小小的程式設計師，若是有人來洽談工作，只要能支付相應的費用，我也沒有拒絕的理由……或者應該說，有人布置出這個局面，讓我只能這麼想。」

「…………！」

朧月詠用強勁到極點的力道緊咬著嘴唇……他聽懂了。聽到這裡他也總該懂了。這種局面不是朧月詠，甚至也不是天道，而是「被垂水夕凪給引導而成」。二號機的自殺連接著朧月詠的勝利？不，不對！從天道白夜介入的那一刻起，二號機的死亡就不存在任何風險。既然如此，那個「唯一手段」，並不是自暴自棄，也不是認同捨棄二號機是對的選擇——

「只是必勝的策略罷了……！」

「就是如此。」

「——」

朧月詠已經連站都站不住，雙膝重重地跪倒在地。

天道一邊緩緩地走近他，一邊靜靜地微一頷首。接著，在走到朧月詠面前後，他將一隻手放在那微微起伏的肩膀上，用摻雜各種情緒的表情這麼說道：

「所以，我已經給過你忠告了吧。雖然我一點也不喜歡他，也無法忍受我們如此輕易地受到擺布——但垂水夕凪真的是規格外的存在，最高成績保持者『異端者（Irregular）』。他……說不定有辦法打倒我們斯費爾。」

——朧月詠的慟哭持續響徹周遭，直到ＳＳＲ世界完全關閉為止。

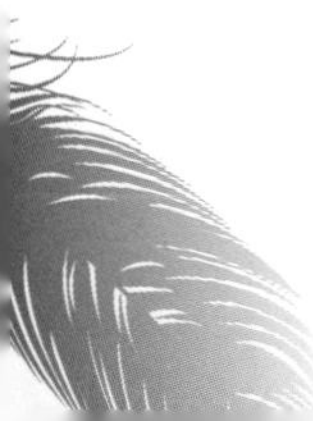

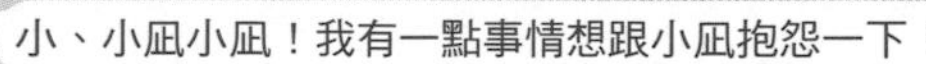

小、小凪小凪！我有一點事情想跟小凪抱怨一下！

抱怨？……我對姬百合妳做了什麼嗎？

真是的。就是那件事啦。春風叫你登入遊戲的那一次嘛。

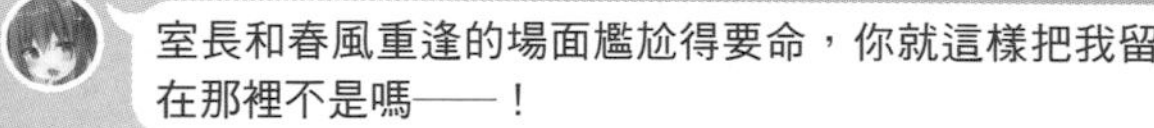

室長和春風重逢的場面尷尬得要命，你就這樣把我留在那裡不是嗎——！

……的確，我和春風交換了身體，所以就會變成這樣吧。經妳這麼一提我想起來了。

順便問一下，現場是什麼感覺？

什麼感覺？唔～總覺得他們兩人都很生硬呢。「好、好久不見。」「是啊……過得好嗎？」「啊……我過得很好。耶嘿嘿。」大概像這樣吧？

他們是父女嗎？

咿嘻嘻。還有喲還有喲～「我記得妳現在受到佐佐原雪菜的照顧吧？」「啊，是的！也因為住在附近，她對我非常好。」「住在附近啊……所以同時也順便跟垂水夕凪當鄰居了。」「咦？啊，是的，就是這樣……怎麼了？」「嗯……」就像這樣！

他們是太久沒見面，雖然有很多事情想問，但因為彼此之間有微妙的距離，所以遲遲沒辦法說出口的父女嗎！

Aa

尾聲

CROSS CONNECT

#

隨著啪嗒這道宏亮聲響，教室前方的拉門整個完全敞開。

放學後，班會剛結束。

幾乎所有學生都還留著的教室內，瞬間一片靜悄悄。

「…………」

「她」無視這種奇妙的沉默，毫不客氣地邁步前進。一頭齊肩的水藍色頭髮，臉上沒有任何一絲情緒。格外眼熟的這個人物一抵達黑板前面，便立刻轉向我們這邊，然後一掌「砰」地打在講桌上，這麼說道：

「給我出來，垂水夕凪……把內褲還給我。」

「！！！！！？？？」

不必說，整間教室陷入一片混亂之中。

——ＳＳＲ結束後，經過幾天。

在天道白夜的協助之下，我順利通關遊戲，終於慢慢回到日常生活。

話雖如此，相較於第一次經歷互換身體的ＲＯＣ，ＳＳＲ對生活造成的影響並沒有多大。頂多因為鈴夏的失控行為，讓「垂水夕凪有三重人格」、「女性公敵垂水夕凪排斥運動」之類的事情浮上水面……奇怪？我的損失是不是滿大的啊？難道是錯覺嗎？

不、不過算了。這部分的誤解之後再慢慢解決。

另一方面，斯費爾那邊似乎發生相當大的變動。聽姬百合說，朧月詠遭到降職處分，作為這次的懲罰。他不再被視為斯費爾幹部，而是以一般職員的身分供其他人隨意呼來喚去。

雖然我不覺得那個自尊心高的男人會接受這種事情……不過，這是他應得的報應吧。

順便補充一下關於天道白夜的事情，那傢伙不僅沒因為ＳＳＲ而受到傷害，還從我這邊搶走勝利報酬，完全就是賺到。那個冷血圖書館員還用不符合長相的熱切語氣說，他重返地下遊戲掌控者的日子也不遠了……儘管是第三課那群傢伙戴著有色眼鏡的看法，但這樣的推測應該沒有太過偏離紅心。

然後——

「夕、夕凪先生，夕凪先生！」

「……嗯？」

春風突然搖了搖我的身體，我便回過神來……對了，因為那句發言太震撼，導致我的思緒飛回過去了，但現在不是逃避現實的時候。不速之客在找的人顯然是我。

「……夕凪？你就是垂水夕凪？」

大概是春風叫我的聲音讓她猜到了吧，只見那名少女走下講臺，朝我走了過來。

三辻小織——她將雙手撐在我的桌子上，猛然往前探出身子，那雙清澈無色的眼眸眨也不眨地開始檢視我的臉。

接著，她小聲地開口了。

「完全不像。你真的就是『魔王』嗎？」

「……不要突然在教室裡講出『魔王』這兩個字啦。是說，為什麼妳會在這裡啊？」

「因為我是學生。」

「咦？」

「我是這裡的學生。一年級……啊，我該叫你學長嗎？」

真的假的啊。

三辻偏過頭，我則別過臉去，然後深深地嘆了一口氣……在ＳＳＲ激戰過的勇者大人竟然是同一間學校的學妹，這個世界未免太小了。沒問題吧？我有沒有因為自己跟她只會在遊戲裡見面，而脫口講出什麼不妙的發言？

當這種無聊的焦躁感占滿我的腦袋之際——三辻旁邊突然冒出了一團茶褐色頭髮。

「等、等一下，阿凪，剛才那句話是怎樣？什麼內、內褲啦……！你一定要給我好好說清楚喔！」

「不，沒什麼——」

「怎麼可能沒什麼啊啊啊！內褲！叫你還內褲的話，代表你把人家帶回家過！唔……沒、沒有經過我的允許，你竟敢做出這種大膽的行為……！」

雪菜氣呼呼的，眼眸略為濕潤，臉頰鼓得像是隨時都會撐破一樣。

「…………啊～」

雖然我不知道自己為什麼要被指責成這樣，但至少我確定雪菜變成這樣後，若是放著不管的話，之後就會變得非常麻煩。

所以，我抓住三辻的肩膀，把她拉過來，小聲拜託她說：

「（喂……喂，三辻，拜託妳了，想辦法糊弄過去吧。）」

「（……糊弄？）」

「（對啊。妳的內……內褲我之後一定會還，所以求妳快點解開雪菜的誤會吧！）」

「（原來如此。包在我身上。）」

三辻聽到我的懇求後，輕輕拍了拍平板的胸脯，重新轉向旁邊的雪菜。而雪菜也難得露出一

副戰戰兢兢的模樣，將視線投向三辻小織。然後——

「妳放心。這只是……沒錯，只是借物賽跑而已。」

「哦，原來啊！如果是借物賽跑也沒辦法嘛！……是說誰會相信啊啊啊啊啊啊！到底是怎樣啦，阿凪這個大～～～～～～～～笨蛋！」

——這種事情就算在妄想世界也扯到不行，雪菜被強推這個驚天設定後，她就發出我最近已經聽習慣的尖叫聲，衝出了教室。

旁邊的春風一邊朝她的背影伸出手，一邊發出焦急的聲音。

「啊，哇，雪菜小姐——啊，已經跑走了……真、真是的！夕凪先生，你為什麼不好好解釋給她聽呢！」

「不是啦，講是這樣講……春風。我之前有稍微跟妳提過吧，要是把那件事告訴她的話，妳覺得會怎樣？」

「咦？這、這個嘛……呃，有點那樣？……很難呢，耶嘿嘿。」

春風一臉抱歉地移開視線……她的反應是正確的。說到底，這是「在地下遊戲不小心偷到的內褲回到現實世界再還」的謎樣狀況，愈是解釋，保證一定會變得更混亂。

「唉。」我嘆了一小口氣。回家路上再請她吃點甜的吧。

「……嗳。」

當我在想這種事情時，依然面無表情的三辻就悄悄將臉湊近我耳邊。拂過耳際的氣息讓我的臉頰變得有點燙，而春風的臉龐彷彿呈反比似的露出一絲慍色。

三辻的問題很簡單。

「她怎麼了？」

「她？」

「對。在ＳＳＲ的時候，曾經是你的那個女孩子……這麼說來，我根本不認識你。為什麼會靠得有點近？」

「我說妳啊……唉，算了。」

三辻突然皺著眉跟我隔開距離，而我一邊看著她，一邊用右手摸後頸。

那個女孩子——電腦神姬二號機鈴夏。

由於製作者朧月詠能力不足，或者說是扭曲的個性所致，讓她吃了不少苦頭，而種種問題在我拜託天道進行「調整」之後，幾乎全解決了。鈴夏就算沒有朧月詠的維護也能活下去，更不用被關在ＳＳＲ的封閉世界裡，獲得了自由。

但是——我向「春風」瞥了一眼。

春風現在之所以能存在於現實世界，其實是相當荒謬的蠻橫行為。以ＲＯＣ的報酬為由，貫徹不合理的邏輯，結合Enigma代碼和天道的才能這兩種規格外的事物，實現了「奇蹟」。

然而——既然是奇蹟，便不可能那麼容易發生。

更別說ＳＳＲ並不是正統的地下遊戲，不管怎麼想都不可能憑報酬把鈴夏帶來我們這邊。

「所以……」

眼前的三辻聽到這裡，微微地垂下了眼眸……是我的錯覺嗎？她的情緒好像比在ＳＳＲ的時候還要豐富。只有一點點就是了。

我對她的變化感到開心的同時，也緩緩地「搖了搖頭」。

「啊，沒有啦，事情不是妳想的那樣。」

「咦？」

三辻發出疑惑的聲音，而我在回她之前，就已經從制服內側口袋裡拿出了手機。在圖形鎖的畫面滑出Ｚ字——並非這麼做，我很一般地輸入密碼後，開啟主頁面。

——上面是一幅奇妙的景象。

本來的話，畫面上應該要整齊地排列著各種圖示。但是，使用頻率高的圖示都一邊晃動著，一邊被趕到畫面的邊緣。看起來是很難使用的ＵＩ。實際上，我這兩三天已經放棄期待這支手機的好用程度了。

接著，將那些圖示取而代之的是——「畫面正中央映出了一名少女」。

眼熟的黑色哥德蘿莉禮服。一頭粉紅色長髮流瀉到背部的她，看似鬧彆扭地坐著，板起臉孔

交抱雙臂。

「ＳＳＲ一結束就立刻攻占我的手機」的任性魔王大人——鈴夏。

『哼……哼！』

鈴夏應該有察覺到我和三辻正用一副有話想說的表情窺視著手機。她刻意用我們聽得到的音量發出這個聲音後，彷彿要讓紅暈褪掉似的捏了捏臉頰，然後指著我喊道：

『我可不是因為想待在你身邊才出現在這裡的喔。只是在網路上遊蕩的時候碰巧來到這裡而已……沒錯！就是碰巧！不過是偶然罷了！』

後記

CROSS CONNECT

午安，晚安，大家好，我是作者久追遥希。

誠心感謝各位這次購買《交叉連結2　與電腦神姬鈴夏的互換身體完全遊戲攻略》！

不知道大家覺得如何呢……？不同於《交叉》（書名簡稱）第一集的遊戲，第二集是以另一名電腦神姬為中心所展開的故事。既有角色和新角色都有很多能夠發揮的戲分，希望各位可以連同這部分在內，盡情享受這一集的故事。

那麼，接下來要加緊腳步了，由於篇幅所剩不多，我就開始致上謝辭吧。

負責繪製插畫的ｋｏｎｏｍｉ（きのこのみ）老師。感謝您這次也繪製了非常非常棒的插畫。每次收到插畫的進度時，我就會湧現出無限動力。

責編大人，以及與出版有關的所有人士。多虧有各位在，這本書才能夠面世。雖然我的經驗尚嫌不足，但還請各位今後也多多給予提點指教。

在最後，我由衷地感謝各位購買本書的讀者。

為了能讓大家覺得「有看這本書真是太好了！」，我也會繼續加油的！

久追遙希

交叉連結2
與電腦神姬鈴夏的
互換身體完全遊戲攻略
我是きのこのみ的Konomi
我在推特等地方收到很多大家對於第一集的感想，
真的讓我非常高興！這些是我的活力來源。
非常謝謝大家～!!
希望大家也會喜歡第二集
雖然鈴夏讓我掉入荷葉邊地獄，但畫起來很開心！
如果鈴夏和三辻也能獲得大家的喜愛就太棒了
特別感謝
久追遥希老師
責編大人
minori／結城辰也大人
and you!!thanxxx
十六夜
椎百合

國家圖書館出版品預行編目資料

交叉連結. 2, 與電腦神姬鈴夏的互換身體完全遊戲攻略 / 久追遥希作 ; Linca譯. -- 初版. -- 臺北市 : 臺灣角川, 2019.09

面； 公分. -- (Kadokawa fantastic novels)

譯自：クロス・コネクト. 2, 電脳神姫・鈴夏の入れ替わり完全ゲーム攻略

ISBN 978-957-743-213-1(平裝)

861.57 108011365

Kadokawa
Fantastic
Novels

交叉連結 2
與電腦神姬鈴夏的互換身體完全遊戲攻略

（原著名：クロス・コネクト 2 電脳神姫・鈴夏の入れ替わり完全ゲーム攻略）

2019年9月5日　初版第1刷發行

作　者：久追遥希
插　畫：konomi（きのこのみ）
譯　者：Linca

發行人：岩崎剛人
總經理：楊淑媄
資深總監：許嘉鴻
總編輯：蔡佩芬
編　輯：黃怡珮
美術設計：莊捷寧
印　務：李明修（主任）、張凱琪

發行所：台灣角川股份有限公司
地　址：105台北市光復北路11巷44號5樓
電　話：（02）2747-2433
傳　真：（02）2747-2558
網　址：http://www.kadokawa.com.tw
劃撥帳戶：台灣角川股份有限公司
劃撥帳號：19487412
法律顧問：有澤法律事務所
製　版：巨茂科技印刷有限公司
ISBN：978-957-743-213-1
